中国教育学会中学语文教学专业委员会专家审定

青少年经典阅读书系〔名师解读〕
QINGSHAONIAN JINGDIAN YUEDU SHUXI

JIQIDAO

机器岛

【一场引人入胜的奇妙旅行】

〔法〕儒勒·凡尔纳◎著

《青少年经典阅读书系》编委会◎主编

首都师范大学出版社
CAPITAL NORMAL UNIVERSITY PRESS

图书在版编目（CIP）数据

机器岛／《青少年经典阅读书系》编委会主编.—北京：
首都师范大学出版社,2011.11（2023年10月重印）
（青少年经典阅读书系.航海系列）
ISBN 978-7-5656-0543-7

Ⅰ.①机… Ⅱ.①青… Ⅲ.①科学幻想小说-法国-近代
Ⅳ.①I565.44

中国版本图书馆 CIP 数据核字（2011）第 222653 号

机 器 岛

《青少年经典阅读书系》编委会 主编

策划编辑　李佳健

首都师范大学出版社出版发行

地　　址　北京西三环北路 105 号
邮　　编　100048
电　　话　68418523（总编室）　68418521（发行部）
网　　址　www.cnupn.com.cn
印　　厂　汇昌印刷（天津）有限公司
经　　销　全国新华书店发行
版　　次　2012 年 7 月第 1 版
印　　次　2023 年 10 月第 5 次印刷
书　　号　978-7-5656-0543-7
开　　本　710mm×1000mm　1/16
印　　张　10
字　　数　108 千
定　　价　25.00 元

版权所有　违者必究
如有质量问题请与出版社联系退换

总　序

Total order

　　被称为经典的作品是人类精神宝库中最灿烂的部分，是经过岁月的磨砺及时间的检验而沉淀下来的宝贵文化遗产，凝结着人类的睿智与哲思。在滔滔的历史长河里，大浪淘沙，能够留存下来的必然是精华中的精华，是闪闪发光的黄金。在浩瀚的书海中如何才能找到我们所渴望的精华——那些闪闪发光的黄金呢？唯一的办法，我想那就是去阅读经典了！

　　说起文学经典的教育和影响，我们每个人都会立刻想起我们读过的许许多多优秀的作品——那些童话、诗歌、小说、散文等，会立刻想起我们阅读时的那种美好的精神享受的过程，那种完全沉浸其中、受着作品的感染，与作品中的人物，或者有时就是与作者一起欢笑、一起悲哭、一起激愤、一起评判。读过之后，还要长时间地想着，想着……这个过程其实就是我们接受文学经典的熏陶感染的过程，接受文学教育的过程。每一部优秀的传世经典作品的背后，都站着一位杰出的人，都有一个高尚的灵魂。经常地接受他们的教育，同他们对话，他们对社会与对人生的睿智的思考、对美的不懈的追求，怎么会不点点滴滴地渗透到我们的心灵，渗透到我们的思想和感情里呢！巴金先生说："读书是在别人思想的帮助下，建立自己的思想。""品读经典似饮清露，鉴赏圣书如含甘饴。"这些话说得多么恰当，这些感

总 序

Total order

受多么美好啊！让我们展开双臂、敞开心灵，去和那些高尚的灵魂、不朽的作品去对话，交流吧，一个吸收了优秀的多元文化滋养的人，才能做到营养均衡，才能成为精神上最丰富、最健康的人。这样的人，才能有眼光，才能不怕挫折，才能一往无前，因而才有可能走在队伍的前列。

"首师经典阅读书系"给了我们一把打开智慧之门的钥匙，会让我们结识世界上许许多多优秀的作家作品，会让这个世界的许多秘密在我们面前一览无余地展开，会让我们更好地去感悟时间的纵深和历史的厚重。

来吧！让我们一起品读"经典"！

国家教育部中小学继续教育教材评审专家
中国教育学会中学语文教学专业委员会秘书长　苏立康

丛书编委会

丛书策划　李佳健
　　　　　王　安
主　　编　李佳健
副 主 编　张　蕾
编　　委（排名不分先后）
　　　　　张　蕾　李佳健　安晓东　王　晶　高　欢
　　　　　徐　可　李广顺　刘　朔　欧阳丽　李秀芹
　　　　　朱秀梅　王亚翠　赵　蕾　黄秀燕　王　宁
　　　　　邱大曼　李艳玲　孙光继　李海芸

儒勒·凡尔纳（1828—1905），19世纪的法国著名科幻小说和冒险小说家。他一生共创作了六十六部长篇小说和短篇小说集，总称为《在已知和未知世界中的奇妙漫游》。因其对科幻小说的重大贡献，他被誉为"科学幻想小说的鼻祖"。他的家族有航海传统，这一点深深地影响了他日后的写作。童年时期，他曾私自到一艘商船上，企图随船出海，但被发现并送还父母，从此被更加严格看管。他为此向父母保证，以后只"躺在床上在幻想中旅行"。在凡尔纳一生的创作中，他确实践行了他的幻想之旅，而他生动幽默、妙趣横生的科幻故事，也不断激发着人们对科学和探险的热情。而其具有深厚科学底蕴和预见性的作品内涵，又使之成为科学时代的预言家。同时，凡尔纳又将地理学融入文学，给文学开辟了新领域。

《机器岛》是凡尔纳的科幻作品之一。讲述了四位法国音乐家在奔赴圣地亚哥开音乐会的过程中，阴差阳错地来到一座由美国资本家出资建造的、具有独立性质的模范岛，从此开始了一次独一无二的奇妙旅行。模范岛是一座现代化人工岛，也是人们按照自己美好的愿望而设计的逃离俗世的"人间天堂"。岛上应有尽有，人们享受着舒适豪华、安逸享乐的奢侈生活。四位旅行者随着模范岛的行进，参与了一场引人入胜、高潮迭起的旅行。但是岛上的两大家族的对立使该岛始终笼罩在危机之中，期间又遭遇马来海盗的袭击，最终机器岛内外交困，分崩离析，沉入汪洋大海之中。

在这部作品里，作者笔触辛辣地揭露了权贵利益集团表面上温文尔雅、背地里尔虞我诈的两面派嘴脸。詹姆·托克登与南特·考弗兰两大家族的对抗和竞争使模范岛最终走向了毁灭的结局。一座举世无双的世界奇迹消失在时空的长河之中。人类美好的愿望也随之烟消云散，成为不可企及的妄想。

在阅读作品时，你不仅可以领略到地球上的旖旎风光，体验在热带岛屿穿行的经历，还可以看到，模范岛上的种种先进科技，如传真机、海底电缆、人工降雨、温度控制等这些当初的幻想绝大多数在 20 世纪已经变成现实。此书当时激发了不少青少年热爱科学的热情，相信你也会被这本书深深吸引！

目录

第一章

四位演奏家在去圣地亚哥的途中遇上了极不顺心的事——马车翻了!

四位演奏家是在前一个火车站搭乘上这辆马车的,可是谁也没料到,马车刚刚上路就在斜坡上翻了,他们全都摔倒在地,乐器也散落了一地。一般来说,旅行如果开始不顺利,便也很难圆满地结束。所以他们很沮丧。

"有没有人受伤啊?"第一位演奏家迅速从地上爬起来问道。

"我只擦破了点儿皮。"第二位演奏家一边说,一边轻轻地擦着被碎玻璃划出了道道伤痕的脸颊。

"我也受了点儿轻伤!"第三位演奏家一边回答,一边抚摸着那流着血的小腿。

总之,每个人都只受了点儿轻伤。值得庆幸的是,所有装乐器的箱子都完好无损,里面的大提琴、小提琴以及中提琴都没有摔坏,只需重新调一下音就可以了。要知道这些乐器对几位演奏家来说,是比自己的性命还重要的。

"该死的火车!半路把我们丢下!"第一位演奏家气呼呼地说道。

"该死的马车!把我们扔在这么一块前不着村后不着店的荒地

上！"第二位演奏家回应道。

"而且天马上也快黑了！"第三位也抱怨着。

"幸好我们的音乐会后天才举行！"第四位安慰大家说。

可怜的马车夫伤得最重，在马车前部的车轴折断的那一刻，强大的冲击力把他从座位上甩了出去，他的足骨脱了臼，不能再走路了。马车基本上是报废了。所以，乘客们必须找到另外的能把他们一直送到附近村了里去的交通工具。

这次事故中竟然没有一个人死亡，这的确称得上是一个奇迹。他们所走的这条路蜿蜒曲折地穿过一片荒凉的山区，路边是无底的深涧，许多路段边还有喧嚣的急流。如果马车比刚才往前多翻几步的话，后果不堪设想。

当时，加利福尼亚这个古老联邦的首府旧金山，已有铁路直通圣地亚哥。这四位旅客正是要赶往这座重要的城市。后天他们要在那儿举行一场音乐会，演出已经作了宣传，那里的人们也正热烈地期待着。他们是昨晚从旧金山动身的，谁知在离圣地亚哥 50 英里的地方，却发生了那第一件倒霉的事——火车在巴夏尔被迫停车。因为前面突然袭来的一股洪水将前方一段三四英里长的铁轨冲走了，再往前走两英里就无法前进了。无奈四位演奏家只好在附近的一个村子里找了一辆破得叮当响的旧式马车，又许诺给车夫一笔不少的酒钱，然后把行李留在火车上，带着乐器继续赶路。

下午两点的时候他们出发了，一路上还算顺利。可是没想到在晚上 7 点的时候，马车又突然翻了。

而这四位演奏家所在的地方离圣地亚哥还有 20 英里！

那么，这四位出生于法国巴黎的演奏家为什么要冒险到加利福尼亚这荒僻的地方呢？

　　在那一年，当时美利坚合众国国旗的星星增加了一倍，它把原先英国的自治领土和加拿大的部分领土并入版图之后，北部边界一直延伸到了北冰洋岸边，向南则将势力范围扩张到了墨西哥、危地马拉、洪都拉斯、尼加拉瓜、哥斯达黎加，直至巴拿马运河。美国工业和商业方面的势力都变得空前强大。与此同时，这些野心勃勃的美国佬对艺术的追求也越来越强烈了。尽管他们自己的艺术作品水平极其有限，尽管他们在绘画、雕刻和音乐上所表现的民族天才还不算正统，甚至有些离经叛道，但无疑他们已经普遍地爱上艺术。以至于不惜高价收买许多古代和近代艺术大师的名画装饰私人或公共的画廊，以至于以惊人的酬金聘请著名的歌剧和戏剧艺术家及最有天才的演奏家表演。他们努力培养自己对于高雅事物的欣赏能力，而这恰恰是他们长久以来所缺少的东西。

　　就音乐方面来说，最先受到新大陆的音乐迷们推崇的是柏辽兹、圣·桑、德里勃、马塞这些19世纪下半叶杰出的作曲家。此后，他们逐渐懂得了如何欣赏莫扎特、海顿和贝多芬那些震撼人心的作品。为了欣赏音乐，他们甚至甘愿按照每一个音符来购买音乐会的门票。

　　正是因为了解美国人的这种狂热，我们这四位享有盛誉的音乐家才决定来美国追寻成功和财富。他们决定让美国人领略一下室内音乐的柔美和那种无法形容的乐趣，于是一起动身来到了新大陆。

　　四位演奏家曾经是国立高等音乐学院的学生，虽然年纪轻轻却早已名震巴黎。他们的演奏配合默契，完美无缺。他们所表演的乐章没有丝毫的喧闹，没有丝毫的矫揉造作，演奏的过程无可挑剔，精湛绝伦。

他们得到了音乐迷的热爱和源源不断的美金。"四重奏"——人们这样称呼他们。对于富豪的邀请他们应接不暇。仿佛没有他们，那些节庆、集会、宴会、茶会，甚至于引起社会人士重视的游园会都举行不成。这几位琴弓王子，或者叫作四弦皇帝，都自认为这种冒险生活很够味儿：不仅随时随地受到热烈的欢迎，而且还能得到很多的钱。所以，从纽约到旧金山，从魁北克到新奥尔良，从新苏格兰到得克萨斯……

那么下面我就隆重地把这四位天才演奏家介绍给大家。

伊凡尔内——第一小提琴——32岁，比一般人略高，身材瘦削；一头又浓又密的金黄色的卷发，脸上很干净，没有胡子，眼睛又黑又大，长着一双修长的手，天生就是拉小提琴的料。他仪态优雅，风度翩翩，有点过分爱修饰，喜欢披一件深颜色的斗篷，戴一顶丝质高顶礼帽。他是四人中最无忧无虑，也是最不在乎利害得失的一个了。他对一切美好的事物都怀有极大的热情，是一位极有天赋和远大前程的一流音乐演奏家。

弗拉斯戈莱——第二小提琴——30岁，小个子，有发胖的趋势；头发和胡子是棕色的，办事能力强，长着长鼻子，一双黑眼睛镶嵌在一副金边眼镜后面。此时他穿着旅行装，外面罩一件路上挡灰的宽大外套。他是个和蔼可亲的人，待人接物都很诚恳热情。他管着小团体的账，总是劝大家省着点儿，但是从没有人听他的。同时他也是位杰出的音乐家。

潘希拉——中提琴，平常大家都叫他"殿下"，27岁，是最年轻的一个，也是最幽默风趣的一个。他永远像个调皮的孩子，这点大概一辈子也改不了。他的脑袋瓜很活，机灵的眼睛总是滴溜溜直转；他的头发近似红棕色，留着尖尖的小胡子，总爱说些俏皮话和大家开玩笑。他的话好像就在嘴边等着，攻击别人时随时脱口而出，还击别人时同样张口就来。他整天乐呵呵的，喜欢跟大家开玩笑，搞恶作剧，哪怕惹得伙伴们不快也不在乎。为此，他没少挨"四重奏"头头的抱怨、责备，甚至"训斥"。

最后，他们的首领——拉大提琴的赛波斯蒂安·邵恩。他之所以成为首领，是因为他的才能和年龄都高于其他三位。他55岁了，又矮又胖，满头金黄色的头发又浓又密，卷曲的鬓发遮住了太阳穴，上唇的胡子高高卷翘着，与乱糟糟逐渐尖下来的颊髯连成了一片。他的面颊被晒成了红褐色，镜片后的眼睛炯炯有神，每当读乐谱时，他总要在这副眼镜上面另外戴上一副夹鼻镜。他的双手胖乎乎的，右手常习惯性地像拉动弓弦时那样来回动，无名指和小指上还套着粗大的戒指。他的脾气有些急躁。

然而即使他们再有才华，眼下要解决的问题却是：马车翻了，接下来该怎么办呢？

这时已经是晚上8点，这四位巴黎人在加利福尼亚这条荒野的路上，紧靠着翻倒的马车。邵恩开始喋喋不休地指责马车夫，弗拉斯戈莱打断了他，对车夫说：

"不要再抱怨了，朋友，还是想想我们现在该怎么办吧？"

"现在既没有马匹，又没有马车，"车夫回答，"我们所能做的只有等待了。"

"马和马车能自己来吗？"潘希拉嚷了起来，"万一它们不来呢？"

"那就自己去找啊!"车夫回答。

"喂,赶车的,你这是什么意思?"急躁的大提琴手邵恩的声调越来越高,"你这算什么,是你的回答吗?就因为你这个笨蛋,把我们从车上摔了下来,车摔坏了,马也受伤了,你却来了一句'自己去找啊'!"

"好了,我的邵恩,不要再唠叨了,让我来处理吧!"第二小提琴手弗拉斯戈莱打断了邵恩的话,他问车夫:

"我们到什么地方了,朋友?"

"我们在一个靠近海滨的村庄,这里离弗来西5英里。"

"哦,"弗拉斯戈莱又问道,"那弗来西有没有客栈呢?"

"有,我本来就打算在那儿换马的。"

"只要顺大路走就能到那个村庄,对吗?"

"是的,一直走就行了。"

"那我们现在就动身走吧!"大提琴家喊道。

"但是,我们把这可怜人留在这儿,让他一个人处在困难的情况下,有点儿残忍。"潘希拉提出了意见,"朋友,你能不能自己起来?"

"不行!"车夫回答,"再说,我宁可留在这儿,跟我的马车在一块儿,也许天亮后就会有办法。"

"那到了弗来西,"弗拉斯戈莱说,"我们就想法子派人来帮你。"

于是潘希拉和弗拉斯戈莱帮车夫找了个地方,让他靠在一棵大树的根上,又给他留下一壶酒,然后四位演奏家便提着提琴匣上路了。名副其实的演奏家们从来都不和他们心爱的乐器分开——这就如士兵离不开他们的武器,蜗牛离不开它们的壳一样。

▌情境赏析▐

　　本章以四位法国演奏家在美国的遭遇为线索，为下文故事的展开埋下伏笔。在章节中不花费较多笔墨分别较为详细地描述了四个人样貌及性格特征，这些笔墨其实都不是多余的，在以后故事的发展中，四个人言行举止都会以这些描述为依据，并各自吻合，鲜明地表现了各自的性格特征。

▌名家点评▐

　　现代科技只不过是将凡尔纳的预言付诸实践的过程而已。

——（法）利奥泰

第二章

奏鸣曲的威力

> 聪明的伊凡尔内想出一个绝妙的主意：用美妙的音乐吓退熊。

此段作为伏笔，预示着四位演奏家的这一段旅程恐怕不会那么一帆风顺。

夜间走在一条陌生的路上，如果还是在一个人烟稀少、坏人时常出没的荒凉地区，那简直让人心惊胆战。此刻，四位演奏家就在这样的一个危险重重的地方。

法国人很勇敢，这一点不用怀疑。不过，"勇敢"和"鲁莽"终究还是有区别的，有理智的人通常是不会混淆它们的。如果火车不是遇上铁轨被冲毁，如果马车没有在半路上翻车，我们的演奏家们晚上就大可不必在这条吉凶难卜的小路上冒险了。祝福他们一路平安。

这时天已经黑透了，浓密的乌云在天空中漂移着，被风撕扯成一条条狭窄的裂缝。月亮透过这些裂缝，身影若隐若现。今晚正值上弦月，一钩弯弯的月牙躲躲闪闪地藏在云层之后。

几位艺术家在陌生的路上摸黑赶路，时刻得小心摔倒。路上常常碰到急转弯，尽是些坎坷不平的路，不但有很深的泥坑，还有黑黝黝的山涧，听得见激流的冲击声。这种情况下，伊凡尔内觉得很有诗意，而弗拉斯戈莱却觉得提心吊胆，至于邵恩，他除了嘴里不停地抱怨以外，再没什么说的了，每走一段路，他就挥着拳头向月亮吼道：

"嘿，瞧你那半张脸，多么让人讨厌。你到底要干什么？请你告诉我还有什么比你这半生不熟的苦瓜脸更愚蠢的，你居然还有心情在天上散步！"

在邵恩一刻不停的唠叨中，他们走进了一片茂密的森林。这些参天大树都宛如猛犸般高大，足足有 150 英尺，这就是著名的加利福尼亚巨杉，人称"世界爷"。夜晚走在这样的树林中，当然是一件令人恐惧的事。显然，这是个夜间偷袭的好地方，他们完全可能遭到袭击。

如果"四重奏"是美国人，他们一定会把自己武装起来，在腰间的一种特制的口袋里插上科尔特手枪——在这个国度里，如果是地道的美国佬，从旧金山乘坐火车到圣地亚哥，是绝不会忘记带上一支左轮手枪的。但天性浪漫的法国人却认为没有这个必要，他们连想都没有想过要带着武器出门。不过，这次他们心里可后悔了！

突然间，走在最前头的潘希拉不动了。

他后面的弗拉斯戈莱也停了下来。邵恩和伊凡尔内

在看似危险的陌生环境中，四个人表现各异，但都与上一章对他们性格的描述一一呼应。

当然，艺术家终究是艺术家，尽管心情恶劣，他也要用诗化的语言去描述和发泄。

危险来临？

便立刻赶上去。

"发生了什么事?"第二小提琴问。

"前面好像有什么东西在动。"中提琴回答说。他没有说错,确实有一个影子在树木之间来回移动着。

"是人还是兽?"弗拉斯戈莱问。

"我不知道,有可能是一只熊。"

至于到底是什么,他们谁也不能确定。于是他们挤在一起屏息静气地观察着。

月光穿过云层的一角,照射到这片黑森林的树冠上,透过巨杉浓密的枝叶一直洒落到地面上。借助这些光亮,地面上方圆百步之内的东西都可以看得十分清楚。

潘希拉没有看走眼,这的确是一只熊,而且是一只头号的大熊。在加利福尼亚森林里碰不到狮子、老虎和豹,而熊却是这里的常客。<u>如果碰上并跟它打交道的话,结果往往不会令人"愉快"。</u>

当然我们的四位巴黎人倒很齐心,不约而同地都想给这只熊让路。因此,他们四个人挤得更紧,对着野兽,慢慢地、小心翼翼地一步一步往后退,却丝毫不敢露出准备逃跑的神气。

熊踱着小步跟着他们,挥舞着两只前掌,好像在打着旗语,肥硕的屁股摇摆着,好像一个正在散步的轻佻女郎。它一点一点地逼近,表现出十足的敌意,那龇牙咧嘴的样子令人胆战心惊。

当然不会愉快,恐怕会很不愉快,这是一种故作诙谐轻松的说法。

一系列动作描述表明熊目前完全占据主场和掌握了主动权。

"我们是不是应该朝着不同的方向逃跑？""殿下"潘希拉小声地说。

但是他的建议很快就被弗拉斯戈莱否决了，因为那样的话，他们中必定有一个人被熊抓住，从而成为熊的盘中餐。

幸亏这个冒失的提议没有被采用，否则，后果真是不堪设想。"四重奏"就这样紧挨在一起，一步一步地挪到了林中一块稍微亮一些的空地边缘，熊离他们越来越近了——只有十几步远。对于这头野兽来说，这里是一块难得的好阵地，所以它决定在这里把这些猎物解决掉。所以，那熊吼得更厉害了，走得也更快了。

四个人胆战心惊地往后退，第二小提琴更加急切地嘱咐大家：

"镇静点儿，镇静点儿，朋友们！"

他们终于走出那块空地，重新钻进树林里，然而那里的危险并不见得就少。熊在树林间钻来钻去，随时都会扑过来，使他们猝不及防。事实上它也正准备这样做：它可怕的吼声停止了，脚步放慢了……

正在这千钧一发的紧要关头，突然一阵嘹亮的音乐响彻这浓密的黑森林。这是一首充满情感的舒缓曲调，它展示了一位艺术家的整个心灵世界。

原来是伊凡尔内。他从琴匣里拿出提琴，使琴弦在琴弓的抚摩下激动地颤抖起来。这真是个天才的主意！本来嘛，音乐家为什么不向音乐求救呢？希腊神话中底

弗拉斯戈莱不愧为"管账的"，他思考很严谨。

发动攻击前的准备，四位演奏家凶多吉少！

比斯国王安菲翁，不正是利用五弦琴奏出的音乐，使那些石头都自动地堆砌起来，从而建成了底比斯城的吗？那些猛兽不正是在俄耳浦斯那充满激情的琴声影响下被驯服，匍匐在俄耳浦斯膝下的吗？所以，我们应该完全相信这只加利福尼亚熊，也会为音乐所感染。确实如此，你看，它的野性正在消失，看来它也酷爱音乐。所以，随着"四重奏"井然有序地后撤，熊跟着他们，不时发出音乐迷的轻声呼喊，似乎是在连声叫"好"。

一刻钟后，我们的四个伙伴已经走出了这片可怕的林子，此时，伊凡尔内仍旧拉着小提琴。

那熊停了下来，两只肥厚的熊掌相互拍打着，似乎没有再向前走的打算了。

这时，潘希拉也拿起了乐器，叫道："让我们来拉上一段熊之舞，欢快一些！"于是，第一小提琴手用长调起劲儿地演奏着这个熟悉的旋律，而中提琴则让这优美的乐曲中多了一些刺耳、杂乱的低音。于是，这头野兽手舞足蹈起来，只见它举举右脚，抬抬左腿，蹦来跳去，扭腰弓背，已经完全陶醉了，甚至把自己的这四个猎物都抛到了九霄云外。当这四个阿波罗的弟子安全到达弗来西时，已经是 9 点多了。他们迈着轻快而有序的脚步快速走完这最后一段路程，尽管已经没有熊在后面追赶他们了。

他们来到栽种着山毛榉树的小块平地上，这里四周围着四十来所木头小房子，这就是弗来西——离海岸两

危机看似解除了，伊凡尔内能想到这个办法，和上一章对他性格的描述不无关系。

这是幽默的说法。阿波罗是希腊神话中的太阳神。

英里的一个孤零零的村庄。

我们的几个艺术家在树木掩映下的几座住宅间静悄悄地前进，最后来到了一个广场。在这里，远处一座简陋的礼拜堂隐约可见。

"这也算是个村子？"潘希拉说。

"算是个熟睡了的村子吧！"邵恩耸了耸肩膀说。

艺术家总是时刻展现着浪漫的气质。

的确，村子里寂寥无声。所有的窗户都关得严严的，里面没有一丝亮光。四位音乐家在这块黑暗的空地上寻觅着，然而，他们连客栈的影子都找不到。

是啊，车夫说的那家可以接待旅客的客栈在哪里呢？难道他说的都是梦话吗？或者——"四重奏"迷路了——这里根本就不是弗来西？

此处破折号的作用是什么？是否能用另外一种符号替换？

四重奏显得很茫然，看来有必要找个人问问情况。

于是，"四重奏"接二连三地敲村民的门，敲了足足有十几家，然而竟没有一家回应他们。

面对这种没法打破的静寂，他们该做些什么呢？继续朝圣地亚哥方向赶路吗？那大家会因为饥饿和疲劳而累倒在路上。况且，应该走哪一条路？四周一片漆黑，又没有一名向导！应该想办法到另一个村子去。但是，去哪个村子呢？根据马车夫所言，这片沿海地区除了弗来西就没有别的村子了。最好还是等天亮再说吧！可是，在这空旷的地方过上六个小时，对于这些充满浪漫气息的艺术家来说，这个想法也是极不可取的。

这时，潘希拉想出了一个绝妙的主意。

　　"朋友们，"他说，"既然我们的音乐对熊都能有效，为什么我们不拿同样的办法在这个村庄里试一试呢？我们刚才用一小段音乐就驯服了那只熊，现在就让我们来上一段热烈的合奏来叫醒这些沉睡的人吧……"

　　邵恩不等潘希拉把话说完，就迫不及待地从琴匣里拿出了他的大提琴，把钢架支在地上。由于没有椅子，他就站着，手里拿着琴弓，准备把所有的声音都尽可能地释放出来。

　　同时他的同伴也做好了准备，他们将淋漓尽致地演奏一段乐曲。

　　"翁斯罗的降 B 调四重奏，"他说，"开始……准备……起！"

　　这首四重奏，他们已经熟得不能再熟了。出色的演奏家们灵巧的手指在琴弦上舞蹈。

　　四位演奏家此刻来了灵感，他们演奏得十分投入。即使在美国的娱乐场所和戏院演奏时，也从没有这样充满激情。村子上空顿时回荡着一种激昂和谐的悦耳琴声，除非是聋子，否则谁能抵御得住它的魅力呢？

出色的演奏是否能唤醒这个"熟睡了的村子"？

　　然而结局却是他们所意想不到的。那些房子的大门还是紧闭着，睡梦中的人也并没有醒来。弗来西仍然无声无息。

　　"啊！岂有此理！"邵恩气极了，"这些蛮夫的耳朵难道和他们这个地方的熊一样笨吗……没办法！重来！不过这次，伊凡尔内拉 D 调，弗拉斯戈莱拉 E 调，潘希拉拉 C 调，我还是拉 B 调。现在，大家使劲儿拉！"

这样的安排是多么的不谐调啊！简直要把人的耳膜都震破了！

不管怎样，邵恩的主意还不错，优美的旋律没能达到的效果，反而让这乱七八糟的演奏完成了。弗来西村终于苏醒了。好几家的玻璃窗陆续有了亮光，有两三家点上了灯，村里的居民开始有动静了。

此处与第一章"美国佬"对于艺术的品位相呼应，说明艺术作为上层消遣，还没有在大众中深入、普及。

"不好，他们也许会朝我们扔苹果。"潘希拉演奏到一个休止符时说。

"那我们就把苹果吃掉！"伊凡尔内回应着说。

然而这一次更让他们出乎意料的是，从二三十扇敞开的窗户里飞来的不是苹果，而是掌声、喝彩声。

乐观的人总是想到最好的结果。

"好！好！好啊！再来一个！弗来西人的耳朵从来没有欣赏过这样美妙的音乐！"这下子毫无疑问，家家户户都愿意殷勤地来接待这几位登峰造极的音乐家了！

真是令人惊叹的欣赏品位！

正当他们一边沉浸在音乐的狂热中，一边琢磨着各家的房门是否也将开启时，来了一位新听众。他是从一辆电动车上跳下来的，身材很魁梧。他以一种亲切的口吻，用法语说：

"我是一个音乐迷，先生们。能为你们鼓掌，我感到非常荣幸。"

"是为刚才的那首曲子？"潘希拉用嘲笑的口气问。

"不，先生们，是第一首，那首翁斯罗的四重奏。我很少听见有谁演奏得比你们更有才华。"毫无疑问这是个内行。

"先生，"邵恩代表他的同伴回答说，"我们非常感谢您的赞美。不好意思的是，我们的第二首曲子一定刺得您耳朵难受，那是因为……"

"先生，"陌生人打断他，接下去说，"我确实从未听过那么混乱的演奏，不过我明白你们的用意，你们是想让这刺耳的乐曲叫醒弗来西那些好心的居民。诸位，如果我没猜错的话，你们应该是闻名全美的'四重奏'吧！你们需要的帮助，我可以提供给你们。对于你们的到来我们整个国家都感到非常荣幸。"

"先生，"弗拉斯戈莱觉得自己应该说话了，"您太夸奖我们了。呃，既然如此，那就请您给我们找一个寄宿的地方，您知道在哪儿呢？"

"离这儿两英里。"

"在另一个村子里吗？"

"不，是一座大城市里。"

"对不起，"潘希拉说，"可是，别人说从这儿到圣地亚哥一个城市也没有。"

"这肯定是弄错了，我不知该怎么解释。先生们，你们要愿意跟我一起，我保证你们会受到艺术家所应受到的欢迎。"

"不过，"邵恩说，"在圣地亚哥，我们已经跟人约好要举行几场音乐会，后天就开始。我们不能做不守诚信的人。"

<hr />

"管账的"总是首先考虑照顾大家的生活。

那人立刻说道："不要紧，诸位，还有一个白天呢，你们有足够的时间访问一下这值得一去的城市。到时候我可以负责把你们送到就近的车站。如果你们愿意跟我走，我保证不耽误你们到圣地亚哥的行程！"

毫无疑问，这项提议很诱人，而且很受欢迎。这下子"四重奏"肯定可以在一家不错的旅馆里找到一个好房间了，且不说这位热心人保证他们会受到怎样的尊敬。

"诸位觉得我的提议怎么样？"

"我们同意。"邵恩不假思索地回答说。饥饿和疲倦迫使他接受了这项邀请。

这位美国人真是雪中送炭。

"那么就这么定了，我们立刻出发，二十分钟后就到了！"

这时，弗来西各家各户的窗户又关上了，灯也熄灭了，整个村庄重新进入了甜甜的梦乡。

于是，四位艺术家走到电动车前，把乐器放进去，坐到车厢里，美国人则坐在司机旁边。车身一晃，立刻飞快地向西驶去。

过了一刻钟，眼前出现了一大片微微发白的光，炫目的月光向四处放射着。那就是我们的巴黎来客想都没有想到过的城市。

"我们终于到海边了！"弗拉斯戈莱说。

"海边？不，"美国人回答他说，"这只是我们将要渡过的一条河而已。我们乘渡轮过去，把车子也一起带

美国人为什么对他们如此热情呢？

过去。"果然，那边停着一艘火车渡轮。在美国，这种火车渡轮非常多。于是，电动客车载着它的乘客一起上去了。毫无疑问，这艘火车渡轮也是电力驱动的，因为它一点儿烟也不冒，而且只需两分钟，它就抵达对岸了。渡轮在港口深处的一个船坞码头停靠了下来。

电动车又上路了，它穿过一片田野，驶进了一个花园。一片灯光从花园上方倾洒下来。

在花园的栅栏那儿开着一扇门，出门后便来到了一条又宽又长的大街上。路面是用声响效果极好的平板铺成的。五分钟后，演奏家们在一家豪华的旅馆门前下了车。在这里，他们受到热情殷勤的接待。

四位艺术家随即被带到一张桌子前，上面摆满了丰盛的饭菜。于是他们狼吞虎咽地大吃大喝起来，这一点可以完全想象得到，因为他们太饿了。

用完餐后，领班把他们引到一间宽敞的房间。白炽灯把房间照得通明。但只要你转动一下开关，就可以把这种灯变成光线柔和的睡眠灯。总之，他们在这里享受到了贵宾一样的待遇。四位艺术家经过长时间的旅途奔波，他们实在是太累了，四个人倒在房间角落里的床上就睡着了，连他们的鼾声都像韵律和谐的音乐一样。

形容他们受到的招待让他们十分舒适和惬意。

四位提琴手被一位五十多岁的人带领着，参观了一座非常美丽而且现代化的城市，他们越看越惊讶。

第二天，7 点钟刚到，在一阵响亮的军号模仿声后，这间四人合用的房子里就响起了说话声，确切地说是嚷嚷声："快！嗨！下床，而且用二分之一的拍子！"潘希拉大声喊叫道。

"四重奏"中最自由散漫的伊凡尔内，更喜欢用四分之三，甚至四分之四拍的节奏从他床上热乎乎的被窝里爬出来。但是，他必须向同伴们看齐，于是从水平姿势变成了垂直姿势。

"我们不能浪费时间，哪怕一分钟也不行！""殿下"提醒说，"因为明天我们得到达圣地亚哥。"

"那好吧！"伊凡尔内说，"参观一下那个好心美国人说的城市，有半天的时间足够了。"

"让我感到奇怪的是，"弗拉斯戈莱加了一句，"在弗来西村附近居然存在着一个大城市！我们的马车夫怎么忘了告诉我们呢?"

"那又有什么关系，关键是我们能到这里来，我的朋友！"潘希拉接过话茬说。

透过两扇宽大的窗户，灿烂的阳光照射进房间。往窗外望去，沿着一条修砌优美的林荫道，可以清楚地看到一英里以外的地方。

四个朋友在一间舒适的盥洗室里梳洗起来——这事做起来很方便，因为盥洗室里具有最完善的现代化设备：有调节温度的冷、热水龙头；有热水澡盆、电熨斗、随时可以喷出香水的喷雾器、电扇。还有各种自动刷子：有的是刷头发的，只要把头凑上去就行；有的是刷衣服或皮靴的，刷得非常地道。

还有，这里到处都安装了电铃和电话，方便客人随时与旅馆的各个部门联系，说不定还能和城市的其他各区通话，而且——当然这是潘希拉的想法——和美国的任何一个城市通话。

他们还没来得及试一试，电话就在 7 点 40 分向他们传达了下面一段英语：

"加里斯特斯·门波尔荣幸地向'四重奏'的每一位演奏家致以清晨的问候，并邀请各位在梳洗以后，下到'精益求精'旅馆的餐厅里，那里为各位准备了早餐。"

"'精益求精'！这个旅馆的名字还真不错！"伊凡内尔说道。

"加里斯特斯·门波尔应该是我们那位殷勤的美国朋友的名字。"潘希拉补充道。

于是他们梳洗完毕，就向电梯走去。机器开动，把他们送到富丽堂皇的旅馆走廊，走廊尽头就是餐厅。这是一间宽敞得令人惊讶的金碧辉煌的大厅。

"我愿意为你们效劳，诸位先生，非常愿意为你们效劳。"说话的正是加里斯特斯·门波尔。

加里斯特斯·门波尔说来有五六十岁了，但他看上去却要比实际年龄年轻。他的个子中等偏上，肚子微微有些发福，手脚显得粗大有力。他看起来充满活力，动作稳健，形象地说，真是"生龙活虎"！

在美国，这种人并不少见，塞巴斯蒂安·佐尔诺和他的朋友就曾多次遇到过。加里斯特斯·门波尔的脑袋又大又圆，满头金黄色的卷发，抖动起来犹如一簇被微风吹拂的树叶；他的面色非常红润；满脸发黄的络腮胡子相当长，且分成三角状；唇髭刮得精光，嘴角微微上翘，仿佛时刻在微笑，而且是一种带有嘲弄的微笑；一口洁白发亮的牙齿如同象牙；鼻子牢牢地安在额头下面，鼻头略显肥大，鼻孔老是一动一动的，印有两条竖纹的鼻梁上架着一副夹鼻镜，一根精美柔软如同丝线似的银链子与夹鼻镜相连。镜片后面，滴溜溜的眼睛闪闪发光，呈暗绿色晕彩的眸子炯炯有神。公牛般的脖子把这颗头颅与肩膀连在了一起。躯干则方方正正地支在肉滚滚的腿上，双腿站立牢稳，双脚微微外撇呈八字。

加里斯特斯·门波尔身穿一件非常宽大的茶褐色斜纹布上衣。胸前的小口袋里探出一角带有小花饰的手帕。雪白的马甲上缀着三粒金纽扣，他的衬衫洁白无瑕，浆得又硬又亮，上面点缀着三颗钻石。宽大的翻领底下打着一条小得几乎看不出来的金褐色领结，显得考究而简洁。裤子是用斜条纹布料做的，裤线笔直，裤腿越往下越窄，一直垂到用铝制鞋钩的短筒皮鞋上。

至于这个美国佬的相貌，那可算是表情丰富了，什么事情都可以写在脸上，这是那种信心十足的人的表情，也就是人们常说的"阅历丰富"的人。

"四重奏"一走进餐厅，他马上举起了他那顶不比路易十三的羽毛帽逊色的宽边礼帽致意。他与四位艺术家一一握手后，便把他们领到一张餐桌前。桌子上放着一壶滚开的茶和几盘还在冒着热气的烤面包片，那是用传统方法做出来的。他喋喋不休地说个不停，根本不容别人开口——也许是为了避免别人提问。他不断地吹嘘他的城市如何漂亮，城市的创建如何非同寻常；他也不管别人听不听，只顾口若悬河地说个不停，直至用完餐，才以下面的话结束了他的长篇大论。他说：

"来吧，先生们，请跟我来。不过，有一点需要提醒。"

"哪一点？"

"我们的大街上绝对禁止吐痰。"

"我们可没有那个习惯。"伊凡尔内辩驳道。

"很好！那就免得被罚款啦！"

于是，用完早餐，"四重奏"就跟着加里斯特斯·门波尔一起去观赏整个城市了。可以说，很难再找到一个比加里斯特斯·门波尔服务更全面的主人兼导游了。他对这个城市了如指掌：没有一家旅馆老板的名字他叫不出来；没有一所房子里住的居民他不认识；没有一位行人他不予以最亲切友好的问候。

这个城市的建筑很有规律，无论大道还是小路，都是笔直地交叉着，如同国际象棋的棋盘。每条街道的人行道上都设有游廊，但又不单调。除了几条商业大街以外，这些住宅显露出的都是一种皇家气派。建筑物的正面布局十分讲究，庭院两旁是优雅的楼房，门墙上有艺术化的装饰，屋后的花园如同公园一般大。然而有一点值得注意：那些树木大概是新近才种的，因为还没有绿树成荫，城里的街心花园也是这样。

走出"精益求精"旅馆大约有一刻钟，加里斯特斯·门波尔说：

"我们此时正位于第三大街，这种街道在本城里有三十多条。这一条的商业最为发达，在这里的商店和市场里，可以买到奢侈品，也可以买到日用品。最舒适最现代化的生活所需要的一切，这里都有！"

"确实有一些商店，"潘希拉说，"可里面却没什么顾客啊！"

"那是因为大部分商品都是通过电话甚至传真机来订货的。"门波尔说。

"什么叫传真机订货？"

"哦，我来解释一下。传真机是一种精密仪器，它能把文字迅速传递出去，就像电话能够传递声音、电影能够把动作录制下来一样。别忘了，摄像机是把动作记录下来拿眼睛看的，留声机是用耳朵听的，而传真机则是把图像传送出去或把别处的图像接收过来。这种传真机比普普通通的电报要可靠得多，因为任何一个人都可能冒名顶替或改动电报。有了传真机，我们就可以通过电流对支票或汇票等进行签字，从而实现成功订货。"

说这些话的时候，他们已经走到了一条横向的大街跟前。这是第十九大街。这里交错着许多有轨电车的线路，车辆飞快地行驶着，却没有扬起一粒尘土，因为路面上铺满了用澳大利亚的卡利树制成的防腐层，路面十分干净，就像用锯木屑擦过一样。一向对物理现象非常留意的弗拉斯戈莱发现街道的路像金属板似的，走在上面就发出"咚咚"的响声。待他正打算向加里斯特斯·门波尔请教的时候，门波尔突然大嚷起来：

"诸位先生，请看这所公馆！"

他的手指向一所雄伟壮观并且富丽堂皇的高大建筑物："这所公馆，简直可以说是一座宫殿，里面住的是本城一位大名鼎鼎的要人，他叫詹姆·托克登，伊利诺依州那些开不尽的石油矿就是他的。他大概是我们这里最有钱的人了，所以他是城里最可敬同时也是最受尊敬的人。"

"他有几百万家私？"邵恩问。

"啊？"门波尔显得不理解，"百万？百万对于我们这里的人来说相当于平常的一美元，这里都是按照亿来计算的。住在这个城市里的尽是富得流油的大财主，全是有年金收入的人或正在积累剩余年金的买卖人！"

"噢？需要工人的时候怎么办呢？"伊凡尔内问道。

"到外面去雇。活一干完，就把他们送回原处，当然，还附带着一大笔的工钱！"

"我说，门波尔先生，"弗拉斯戈莱说，"那你们这城里总该有穷人吧！"

"穷人？第二小提琴先生！您说的是穷吗？恐怕您在本城一个都不会碰到！"

"就是说这里严禁乞讨？"

"何需严禁，乞丐根本进不来。"

"那么你们连监狱也没有？"

"我们这里连犯人都没有。"

"那么犯了罪的人怎么办呢？"

"那些人——都请他们留在新旧两大陆。"

"啊，真的，门波尔先生？"邵恩说，"可是，听您的口气，我们好像已经不在美国了?"

"你们昨天在美国，大提琴先生。今天却已经在一个独立、自由的城市里，一个合众国没有任何权力管辖的地方，这个城市只属于它自己。"

"它叫什么名字呢?"

"它的名字?"门波尔回答，"对不起啦，先生们，这个我暂时还是别说吧，等你们参观完了再说。"

当然，美国人的这种吞吞吐吐的态度至少显得很古怪。不过，即使如此也无大妨碍。中午的时候，"四重奏"将结束这次奇异的旅行。等到要离开的时候一定会知道它的名字的。只是有一点让人很不能理解：这座城市占据着加利福尼亚沿海如此大的一块地方，怎么会不属于美利坚合众国呢? 还有，如何解释那个车夫没有向他们提起这座城市呢? 不过，即使门波尔不愿告诉他们，二十四小时后，"四重奏"将抵达圣地亚哥，那里一定会有人替他们解开这个谜团的。

于是，在"导游"口若悬河、喋喋不休的介绍下，邵恩、潘希拉、弗拉斯戈莱和伊凡尔内只好继续在这座奇异的城市里游逛。

"先生们，"又来到了一条新的大街，门波尔继续介绍说，"我们现在到第三十七大街的路口了。请好好瞧一瞧这赏心悦目的景象吧! 这个街区同样没有商店，没有市场，也没有商业街上特有的那种交易活动。这儿除了大府邸和私人住宅外没别的了。只是，这个街区的人没有住在第十九大街的人有钱。他们的年金是一千万到一千两百万的样子。"

"怎么，这算是穷人啦?"这时，潘希拉插了一句，两片嘴唇意味深长地撇着。

"嗳！中提琴先生，"门波尔争辩说，"这要看怎么说了。与只有十万法郎的人相比，家产百万的人算是富的了；但是他在亿万富翁面前，只能算是穷人！"

已经好多次了，我们的艺术家们应该能注意到，导游说了那么多话，但最常挂在嘴边的字眼是"百万"。这简直是一个具有十足诱惑力的字眼！每次一说到它，导游的两腮总是鼓鼓的，发出的音都带有金属声。仿佛他不是在说话，而是在造钱。即使从他嘴里吐出来的不是钻石——像仙女嘴里会吐出珍珠和绿宝石一样——那掉出来的也是金币。

"四重奏"一直在这个他们尚不知其名的奇特城市里徜徉。这儿的几条街道行人如织，热闹非凡。所有人的穿戴都非常得体，目光所及之处绝无身着褴褛的穷苦之辈。到处是有轨电车、电动平板车和电动四轮车。一些主要的交通要道上有活动人行道，这种人行道是用一根循环链牵引的。在它上面漫步犹如在一辆行驶中的火车里行走，身子随着它的运动摇来晃去。

路上还有电车来来往往，它们悄然行驶在车行道上，就像台球滚在台球桌的绿呢桌面上一样无声无息。至于那些华丽的车辆，换句话说，用马拉的轿车，只有在那些富得流油的最有钱人住的街区才能遇到。

"啊！这儿有一个礼拜堂。"弗拉斯戈莱说。

"这是基督教堂。"门波尔站住了脚。

"你们城里有没有天主教堂？"伊凡尔内问。

"有的，先生。我应当告诉你，尽管我们的地球上传播着一千来种不同的宗教，但我们这儿却只有天主教和基督教。全城分为差不多相等的两个区，我们现在是在……"

"我想是在西区吧？"弗拉斯戈莱看了看太阳，做出判断。

"是在西区，要是您愿意这么称呼的话。"

"这又是什么意思？为什么说要是我愿意？"第二小提琴问道，"难道这个城市的方向可以随意改变？"

"是的，当然你也可以说不是，"门波尔说，"这一点我以后再向您解释。我们还是说这个区吧！这里住的全是基督徒，天主教徒住在东区。所以说，这个教堂是基督教堂。"

"门波尔先生，在这么一座如此自动化的城市中，大概连做弥撒都是用电话来做的吧！"潘希拉戏言道。

"一点儿没错！"

一段漫长的游览后，时间已经是中午十二点。艺术家们嚷着说饿了，况且他们的肚子也一再咕咕噜噜齐声抗议。加里斯特斯·门波尔也有同感，他并不比客人们更能抵抗饥饿。

几分钟后，一辆电车把这几位饥肠辘辘的人送回"精益求精"旅馆。摆在他们面前的是一桌子丰盛的菜肴——质量上乘的牛羊肉、鲜嫩可口的家禽、新鲜诱人的鱼。另外，这里没有一般美国饭店里提供的冰水，取而代之的是各类啤酒，以及在法兰西的阳光下酿造出来的十年美酒。

"四重奏"在桌子前坐下来，他们可不想辜负了这顿美餐。大家在狼吞虎咽之后，又开怀畅饮了一番，甚至连点心都快吃完了。正当他们要品茶、喝咖啡和甜酒的时候，突然之间传来一声巨响，把旅馆的玻璃都震响了。

"出了什么事?"伊凡尔内说着,一下子跳了起来。

"不要慌,诸位,"门波尔回答说,"这是天文台的炮声。"

"如果是午炮的话,"弗拉斯戈莱看了看他的表说,"我肯定它放晚了。"

"不会的,第二小提琴先生,不会的!这里的太阳不会比别的地方走得慢。"

美国人的嘴角露出一丝古怪的笑容,两只手来回地搓,看样子好像为开了一个不错的玩笑而自鸣得意。"啊,朋友们!请允许我这样亲切地称呼你们,"门波尔以最亲切的口气说,"现在让我带领你们去参观本市的第二个区。我敢说,哪怕是让你们漏掉一小块地方,都是很遗憾的!时间不多了,我们抓紧点儿吧。"

于是他们又在门波尔的带领下,走到了第二个区的一条街上。这里气氛与刚才完全两样,少了些严肃与拘谨的感觉,使人以为一下子从美国北方来到了南方。这里的商店顾客盈门,房屋建造得更加优美而富于幻想,住宅显得更为舒适,旅馆风格更加明快。居民的仪表、举止和风度也不一样。

快到区中心,他们在靠近第十五大街的中段停下。这时只听见伊凡尔内惊讶地叫道:

"天哪,这里真是一座宫殿!"

"这是考弗兰家的宫殿。"门波尔说,"南特·考弗兰是跟詹姆·托克登齐名的……"

"比他更有钱吗?"潘希拉问道。

"两个人一样。"美国人说,"他以前是新奥尔良的银行家。如果以'亿'为单位的话,他的财产数目比他两只手上的指头个数还要多！"

"那么这两位名人，詹姆·托克登和南特·考弗兰一定势不两立，至少也是竞争对手！因为一般情况都是这样的。"潘希拉猜测。

"起码可以称作冤家对头。他们都想在本城各项事务中取得优势，他们互相妒忌……"弗拉斯戈莱说道。

"这样下去，最后只能拼个你死我活！"邵恩感慨道。

"有可能，要是一个把另外一个吃了……如果那样的话，那该消化不良了啊！""殿下"说起了俏皮话。

门波尔觉得这话太有趣了，不禁捧腹大笑起来。

他们细致地游览了第二个区的各条街道。快到下午两点钟的时候，他们来到了城市边缘的一角。这里有一排精致的栅栏，并且栽种着鲜花和藤蔓，栅栏外是一望无际的田野，远方蜿蜒的地平线与天际相连。到了这个地方，弗拉斯戈莱注意到一件事：既然现在是下午两点，按照规律太阳应该在西南方，但这里太阳却在东南方向。

这时，门波尔对他们说：

"诸位，电车过几分钟就要开了，我们坐车到港口去。"

"港口？"邵恩问道。

"啊，离这儿最多 1 英里。这样，你们还有机会沿路欣赏我们的公园！"

几位艺术家有点儿出乎意料，但还是在一节漂亮的车厢里坐了下来。不久，电车就开足马力往前驶去。

门波尔用"公园"来称呼这城郊延绵不断的田野，的确很恰当。这里有一眼望不到头的羊肠小道，如茵的草坪和色彩鲜艳的栅栏。养护林周围，是一片矮小的丛林，上千种鸟类栖息在林里，唧唧喳喳直叫。这是一个典型的英国花园，有许多喷水池，花坛里盛开着娇嫩秀丽的花朵，有各种各样的花草果木。对于植物爱好者而言，这里简直是一座天堂。这里还有一条河，清澈的河水在田野的低洼处奔流不息。然而，美中不足的是，这一切好像都是人工安排的，无疑有太多雕琢的痕迹。于是，喜欢冷嘲热讽的潘希拉又有话可说了：

"啊！这就是你们的河了？"

加里斯特斯·门波尔反问了他一句：

"河？那有什么用？"好像他并不知道河是什么东西似的。

"当然是为了有水啊，那还用说！"

"何必费这个劲呢？既然我们有能力轻而易举地制造出清洁的、剔除了杂质的水，甚至可以根据需要制造出汽水或含有铁质的水……"

"你们的水是自己造出来的？"弗拉斯戈莱问。

"当然，我们为各个家庭提供冷热水，就像我们提供的光、电、声、冷、热、动力、防腐剂和自动发电一样，直接通到住宅里去。"

"照这么说，"伊凡尔内说，"我想你们灌溉花草的雨水也是人工制造的？"

"您说得对，先生。"门波尔回答道，他一边说一边捻动着胡须，手指上戴着的宝石闪闪发光。

"我打断你一下，门波尔先生，"弗拉斯戈莱说，"就算你们能人工降雨吧，但你们能阻止天上自然下的雨吗？"

"天上？自然降雨？"

"是的，自然降雨。换句话说，就是一块一块的云，在天气坏的季节里……"

“天气坏的季节？”门波尔重复了一遍，好像他对这些全然无知。

“是啊！比如冬天……”

“冬天？那又是什么？”

“冬天就是指下霜、下雪、结冰！”邵恩大声地说，有些不耐烦。

“我们这儿的人不懂这些！”门波尔心平气和地说，并不把这当成什么羞愧的事；相反，甚至可以说是带着几分太过自信的不屑。

四个巴黎人面面相觑，站在他们面前的不是一个疯子，就是个故弄玄虚的家伙。如果是第一种人，那就应该把他关起来；如果是第二种人，那就该狠狠地揍他一顿了。

这时候，他们眼前出现了一个工厂。低矮的屋顶上耸立着一排排金属烟囱，跟一艘装有十万马力的轮船上的烟囱一样。只是有一点不同，它冒出的不是黑色的浓烟，而只是轻轻的几缕，它的烟尘绝不会影响空气清洁。

这个工厂占地一万平方码，约合一公顷。这是“四重奏”在这座城市里游览以来看见的第一个工业性的建筑物。

“这是一家装有石油蒸馏设备的工厂。”门波尔介绍说。

“制造什么呢？”

“电力。它向全城的公园和田野送电。还把电力供给我们的电报机、传真机、电铃、电灶、各种机器、弧光灯和白炽灯、铝质月亮，以及海底电缆……”

“海底电缆？”弗拉斯戈莱马上问道。

“是的！它把这个城市和美国沿海各地联系起来。”

“建这么大的一座工厂有必要吗？”

“非常必要，先生们。这么一座世界上独一无二的城市，必须有难以计量的电力!"门波尔斩钉截铁地回答。

此时,从巨型工厂里传来阵阵轰鸣,冒出的蒸汽咆哮着,机器在起劲儿地转动,回声从地面传到了空中,这一切都证明这里的机械能力超过当时任何的现代工业。真是无法想象,推动这里的发电机和为蓄电池充电需要多大的电力能量啊!

电车从这里开过以后,又走了四分之一英里,在港口的车站停住了。

这个港口是椭圆形的,可以容纳 10 条船,但无法再多了。与其说是港口,还不如说是一个船坞。这一天,船坞里只有 6 只轮船,有的是运石油的,有的是运每天必需的消费品的。

电车又走了四五公里以后,停在一个有 13 门大口径火炮的炮台前面。炮台入口处写着"船舻炮台"。

"这些炮都装着炮弹,从来不曾射击过。"门波尔对他们说。

已经参观得差不多了,门波尔带着四位艺术家来到了最后一站——天文台。他们乘上电梯,45 秒钟以后,停在塔顶的平台那儿。

这个平台上立着一根旗杆,上面挂着一面很大的旗帜。但它代表的是哪一个国家?我们的这几位巴黎人,却没有一个能认得出来。旗上有红白相间的横条,一个金黄色的太阳,在旗帜左上角的蓝底上光芒四射。

"这就是我们的旗,先生们。"门波尔一面说,一面脱帽致敬。邵恩和他的同伴们只好跟着脱下帽来,然后从平台上走过去,一直走到栏杆前面,低头往下一看……

他们肺里冲出了什么样的喊声啊!先是惊呼,后来变成怒吼!

整个城市一览无余地映入了他们的眼帘。它是正椭圆形的,外面是一片汪洋大海，一眼看过去，可以望到很远。能看见外洋，但是看不见任何陆地。

弗拉斯戈莱转过身来问门波尔：

"难道我们是在一个岛上吗?"

"是的，正像您看到的!"美国佬回答说，嘴上浮起最亲切的微笑。

"那——这是什么岛?"

"模范岛。"

"那么这座城市呢?"

"亿兆城。"

模范岛是一座完全由人工建造的岛屿，不但外表光亮无比，内在的设计也堪称举世无双。

在那个时期，世界上还没有哪一个大胆的统计学家兼地理学家，能够准确地说出地球表面岛屿的总数。即使认为这个数字达到好几千，也不算是过分。

然而，这上千座岛屿中，难道就没有一座能够令模范岛的创建者们满意，并满足它未来居民们的要求吗？不错，一座也没有！由此，人们产生了进行"美式机械化"实践的念头，完全依靠人工来建造一座岛屿，从而成就现代冶金工业最为进步的杰作。

模范岛——可以理解为标准岛——其实是一座机器岛。亿兆城就是它的首府。为什么用这个名字呢？显然，这个首府的名字告诉我们，这是一个由亿万富翁们组成的城市。

兴建一个人工岛，这个想法本身没有什么特别之处。只要在江河湖海中放置足够的材料，建造一个人工岛并非是痴人说梦。然而，这样远远不够。考虑到岛的用途和它应该满足的需求，这种岛必须能够移动，因此它必须是漂浮在水面上的，这才是建造的困难所在。不过根据钢铁厂的能力，这个问题还是完全能够解决的；再说，现在有了大功率的，确切地说是威力无比的机器。

由于美国人喜"大"好胜的特点，19世纪末时，他们已经计划着在距离陆地几百法里的外海上，建造一个用铁锚固定的巨型浮台了。按照他们的设想，这个大浮台即使不算个城市，至少也是太平洋中的一个疗养地，上面有饭店、旅馆、俱乐部、剧院等。总之，旅游者可以在那里享受到水上城市所有最时尚的消遣娱乐方式。现在，这个计划实现了，而且更完善了。不同的是，建造起来的已经不是什么固定浮台，而是一个活动的岛屿了。

于是，六年以前，一家美国公司以5亿美元的资本成立了"模范岛有限公司"。公司将5亿元的美元资本分为五百股，兜售给美国的大富豪，并向他们提供各种优惠条件。当然，这些优惠条件是在陆地上任何固定地点投资所没有的。股份很快就被认购一空，因为当时在美国腰缠万贯的大富翁有的是。这些财富或者来自修筑铁路，或者来自开办银行，或者靠开采石油，或者靠贩卖人口。

关于水上浮动村庄，其实在中国的长江、巴西的亚马逊河、欧洲的多瑙河上早已成为了现实。可是，那些只不过是一些临时性的建筑，仅仅是在长串木筏上盖起来的几座小房子而已。和我们这里谈论的岛屿完全是两码事——我们所说的岛屿，它必须能够置身于海中，并且长时间地存在下去——像人类用双手创造出的其他作品一样。再说，根据德国地理学家拉文斯坦的学说，学者们精确地推算出，到2072年的时候地球上的人口将达到60亿。谁又能说那时候人们不会感觉到陆地是多么狭小拥挤啊。既然陆地拥挤不堪，难道不应该在海面上建造城市吗？

为建造这个庞大的海上机器，必须开辟专用工地。"模范岛有限公司"解决了这个问题，它取得了马格达利那湾和海岸地区，把那里划为工地。该地区是老加利福尼亚这个狭长半岛的尽头，位置靠近北回归线。建造模范岛的总工程师是著名的威廉·特尔森，他在工程竣工后不久就辞世了。

模范岛只用四年时间就建成了。它由 27 万只钢箱组成，每只钢箱高 16.66 米、长 10 米、宽 10 米。这所有的钢质沉箱用螺栓和铆钉固定在一起，形成了一个总面积大约是 27 万平方公里的岛。建筑师们把这个岛屿设计成了一个长 7 公里、宽 5 公里的椭圆形，其圆周长则为 18 公里。

岛体浸入海中的部分为 30 尺，浮出海面的部分为 10 尺。新建岛屿的地下部分既不会变形也不会发生断裂，因为构成岛体的钢板都用横向连杆有力地固定住了，数不清的铆钉和螺钉使整个结构十分牢固。

岛上，除了市中心的部分经过了特别加固之外，其余的地方都覆盖了一层厚厚的可以栽种植物的土壤。这层腐殖土足够岛上那些数量有限的植物生长。模范岛上四分之三的土地被用来种植各种农作物。公园里，草坪四季常青；田野上，蔬菜长势喜人。电气化耕作在这里得到广泛的应用，科学家们通过直流电的刺激，加快植物的生长速度，并使它们的个头大到难以置信。你可以在岛上看到 45 厘米长的萝卜、3 公斤重的胡萝卜。岛上的花园、菜园和果园完全可以同弗吉尼亚和路易斯安那州最好的种植园一争高下。对此，你大可不必感到意外：建造模范岛的人在资金投入方面可是毫不在乎的。因而称这座岛屿为太平洋中的珍宝真是恰如其分。

首府亿兆城占地 5 平方公里，中间有一条 3 公里多长的第一号街把它分成两个区。城里集中了所有的行政机构和公共设施，诸如供水、路政、植物园、公园、市立警察局、海关与室内的市场、学校及各类宗教场所。

那么，这样一个方圆18公里的地方居住了多少人口呢？

模范岛上的居民只有一万左右，都是地道的美国人。因为宗教信仰，北方人住在岛的左边，南方人住在岛的右边。但是这些岛上的居民无论多么富有，他们不过是房客而已。岛上旅馆与住宅的租金高得惊人，某些地方的租金甚至超过数百万，但仍有许多家族毫不犹豫地每年都付出如此高的租金。"模范岛股份有限公司"真可以说是大赚特赚了，而其中最赚钱的地方当然是首府亿兆城了——这个名字可不是白来的呀！

除了这些腰缠万贯的大家族之外，还有好几百户人家住在租金在10万到20万法郎的低价房子里。这些人包括教师、供货商、职员和佣人——对于这种简陋的条件，他们也极其满意。再有的就是一些无权在模范岛长住的少量外国人。这里律师少之又少，医生更少。在模范岛上，已经用人力消灭了气候的突然变化，居民们不会受任何细菌侵害。

模范岛上是否驻扎有军队呢？有！这是一支由斯蒂华脱上校率领的500人的军队，他们专门在太平洋沿岸地区驻军，以防止海盗侵入。部队里的军饷极高，每个士兵的待遇都比欧洲大陆上的将军们还要好——条件如此优越，自然应征者源源不断。

模范岛上有警察吗？有！有几个警察小分队，而且足够确保这座城市的安全了。其实，像这样一座城市是用不了多少警察的。海岸则由一队海关人员负责日夜守卫，船上所有的人员都只能从几个港口上岸。一切考虑得那么周密，坏人又如何上得来岛呢？至于模范岛上的本岛居民，谁一旦行为不轨，马上就会被扣押起来判刑，并且被终身流放到太平洋西边或东边的某个岛屿上，永远不能返回模范岛。

在模范岛的两个椭圆形端点上，各有一个大港口，这两个港口方位相反，所以，无论在什么情况下，都无须担心定期进口有中断的危险。当一个港口因为天气恶劣无法通行船只时，另一个港口肯定就会全面开放。正是由于这两个港口——按照法国的航海术语，我们叫它们左舷港和右舷港——模范岛才获得了充足的给养。各种货物被源源不断地运到港口，物种之丰富，真可谓应有尽有。它们全部来自美国最好的市场，有食品、百货、布料、时装，等等。单说那些时装，无论你是风度翩翩的富家公子，还是美貌典雅的名门闺秀，都能够在这里找到所需的东西。只是价格，我们还真怕说出来让读者无法承受。

说到这里，大家一定会这样想：既然这个机器岛是活动的，那么它很有可能今天停在这个海域，明天就可能移到大约20英里以外的地方。轮船怎么从美国沿海往这里定期运送货物呢？

答案很简单：模范岛并不是随随便便地移动，它是按照计划移动的。这个计划是由最高当局根据天文台气象学家的意见制定的。为避免气候忽冷忽热的变化，模范岛只在北纬35度和南纬35度之间的赤道地区移动。海面上铺设有几百根浮标，这些浮标上架着电缆。只要靠近浮标，把电缆接上天文台的发报机，海湾上的人便可以随时知道模范岛的位置，船舶也就能够定期地把给养运到岛上来了。

关于淡水，岛上需要的大量淡水是如何解决的呢？

在港口旁边，有两家专门的工厂利用蒸馏法制造淡水。然后，通过一些管道把淡水送到住宅或引到田野的土层下。家庭用水和道路养护用水就是由此解决的。而且这些水还能化作及时雨从空中洒向菜地、果园、草坪等，使它们不需再忍受天气反复无常的变化。这种水不仅是淡水，而且是经过蒸馏、电解的水，所以，它要比两个大陆上最纯净的泉水还要卫生。大陆上即使最纯净的水，像针尖大的一滴中就可能含有 150 亿个微生物。

工程师们所取得的巨大成就，就是任何事情都求助于"宇宙之灵"——电能的帮助。模范岛的动力自然也离不开电力了。两座配有两千伏特输送电压的发电厂，为模范岛的移动提供了足够的能量。电流输送到安装在两个港口附近的机械动力装置中，在上百个燃油锅炉的作用下，每一台推进装置都具有五百万马力。锅炉的燃料是一种经过加工的石油砖，比煤轻巧，但产生的热量却比煤多，而且污染要比烧煤小得多。

这两家工厂由华生和生华两位总工程师领导，最高指挥则是众所周知的美国海军出身的伊塞尔·西姆考耶舰长。这是一位经验丰富的航海家，他对太平洋海域的情况了如指掌——洋流、风暴、暗礁、珊瑚礁都一清二楚。他曾在"模范岛有限公司"的股东们面前发誓，全权负责岛上富翁们的安全。他住在天文台，他用电话跟工厂联系，指挥机器岛前进或后退。当机器开足马力时，模范岛每小时能走 8 节。

模范岛不必担心任何风浪的袭击，就算最猛烈的狂风掀起的波浪，也无法使岛体动摇丝毫，所以上岛的人根本无须担心"晕船"。即便是上"船"的最初几天，也几乎感觉不出推进器旋转在地下产生的轻微震颤。岛的前后两端各有 60 米长的尖头，可以毫不费力地把水分开，所以这个"太平洋明珠"能四平八稳地漫游于茫茫大海中。

不言而喻，两座工厂发出的电除了作为模范岛的动力之外，还用于其他方面——田野、公园和城市靠它照明；探海灯靠它发出夺目的光辉，使得投射到大海中的一束束光柱远远地显示出机器岛的存在，提醒着过往船只避免发生相撞事故；电报、电传、远距离照相、电话等使用的各种电流靠它提供。最值得一提的是，岛上的仿真月亮所发出的亮光也是靠它产生的。这些仿真月亮，每个的亮度相当于5000支蜡烛，可以照亮500平方米的一块地方。

那些很想在岛上神游一番的读者，将目睹这次太平洋之行中发生的各种离奇的事。想必最后你们不至于感到遗憾。

此刻，这架非凡的海上机器正在作第二次太平洋航行，它在1月以前离开马格达利那湾。当它沿着加利福尼亚海岸行驶时，加里斯特斯·门波尔从电话中得知"四重奏"离开了旧金山，正要上圣地亚哥去。于是，他就提出要设法把这几位杰出的艺术家请到岛上来。至于这中间的经过，我们的读者都已经知道了。

以上是加里斯特斯·门波尔对模范岛的介绍。

就算"四重奏"见多识广，不会轻易大惊小怪，但是现在让他们止住满腔的怒火也是很难的。他们恨不得扑到门波尔的身上，掐住他的喉咙——他们这么做也是合情合理的。本来大家都安安稳稳地待在北美大陆上，谁知道却被带到了汪洋大海中！原以为距离圣地亚哥只剩下20英里左右了，那里正等着他们第二天举办音乐会呢。不料，却听说置身在一个能漂会动的人工岛上，正离目的地越来越远！说真的，这种激愤之情完全可以理解。

美国人够幸运了，竟然躲过了这头一场臭骂。他趁"四重奏"大为惊讶，还没有反应过来之际，就悄然离开塔楼平台乘上电梯溜了。

此刻，他算是听不到四位巴黎人的愤愤指责和狂呼怒吼了。

"真是坏蛋，与无赖有什么两样！"大提琴嚷道。

"简直是畜生！"中提琴也破口大骂。

"咳！咳！还亏了他呢，我们看到了奇迹。"第一小提琴说了一句。

"那么你就打算这样饶了他？"第二小提琴问道。

"当然不能饶他，"潘希拉抢着回答，"要是模范岛有法庭，我们要告他，判他刑，这个美国骗子！"

"要是有刽子手，就要求把他吊死！"邵恩大声附和道。

但是，要想实现所说的任何愿望，都得先从天文台上下去。可左等右等电梯不来，又找不到楼梯的影子，"四重奏"只好孤立无援地待在塔顶上，跟外界失去了联系。

这一带纬度很低，黄昏很短，灿烂的太阳像射出去的炮弹似的，一会儿就落到地平线下。此时正是用晚餐的时间。公园里的游客愈来愈少，马路上的行人也只剩下几个。这种冷冷清清的景象简直叫人受不了。

正在这时候，塔里终于传来一阵响声。电梯升了上来，停在平台那儿，里面一个人也没有。四位艺术家松了一口气，不到一分钟就到了塔下。他们的肚子饿得厉害，必须赶快回"精益求精"旅馆，明天再采取适当措施，乘一艘模范岛轮船上圣地亚哥，并且向门波尔要一笔赔偿费，这是合理合法的。

当他们沿着一号街往前走时，弗拉斯戈莱忽然在一幢豪华的房子前站住。房子的门上写着"文娱宫"。透过玻璃窗，可以看见里面摆着许多桌子，有几张桌子旁边还坐着一些人在吃饭。显然，这是一家饭店。正是这点吸引了他的目光。

"这儿是吃饭的地方！"第二小提琴一面说，一面用眼睛打量着饿得发慌的同伴。潘希拉简短地说道："进去！"四个人挨着个儿进了饭店。五分钟后，第一道菜端上来，几位饿汉狼吞虎咽地大嚼起来。这顿饭做得实在精致，水平远远高于纽约和旧金山的饭店。大家在品尝完了干贝汤、玉米烩肉块、生拌芹菜以及传统方法制作的糕点之后，呈现在他们面前的是绝对新鲜美味的鱼、鲜嫩无比的牛排、从加利福尼亚牧场和森林中运来的山珍野味，以及模范岛上精心种植的蔬菜。至于饮料，根本不是美国式的冰水，而是各种牌子的啤酒和葡萄酒——可以想象这要花多么大的代价呀！

这顿饭让我们的"四重奏"情绪又变好了，他们恢复了活力。这时候伊凡尔内、潘希拉，连弗拉斯戈莱在内，都开始觉得亿兆富翁城市里的生活像玫瑰花一样美丽，像黄金一样灿烂了。唯独邵恩还不同意这个看法。当侍役长请"四重奏"付账的时候，他们已经醉醺醺的了。当然这顿饭的价格贵得惊人。

弗拉斯戈莱正要掏钱结账，一个声音说：

"先生们，不用付账了。"

这是加里斯特斯·门波尔的声音。这位美国佬刚进屋子，照例满面春风，笑容可掬。

"是这个家伙！"邵恩大叫起来，很想冲上去抓住他，紧紧扼住他的喉咙。

"冷静点儿，亲爱的邵恩。"美国人说，"请您和您的同伴们到休息室去，那里已经准备好了咖啡。我们可以在那儿随便聊聊……或许到那时候，你倒会吻我的手呢！"门波尔的脸上又露出自信的神色。

片刻之后，门波尔的客人们已经躺在柔软的沙发上，美国佬则坐在一张摇椅上来回晃着。下面是他的自我介绍：

"加里斯特斯·门波尔，纽约人，现年 50 岁，是大名鼎鼎的巴内姆的曾甥。目前是模范岛艺术总长，负责有关绘画、雕刻和音乐方面的事务，简单说，就是负责亿兆城一切文娱活动。现在你们认识我了吧，诸位先生……"

"你是不是偶尔也担任警察职务，负责捉拿那些上了圈套的人，然后再强行扣留他们？"邵恩问，脸上仍然充满怒气。

"别那么快给我下评语，急性子的大提琴，以后再说。"总长说。

接着门波尔又滔滔不绝地谈起他对音乐的高超见解。他不仅熟知音乐界的名家名作，而且对这些作品的理解非常深刻透彻，看来，他对音乐充满了热爱。他不仅把音乐视为一种艺术表现，还把它当成一种有效的治疗方法。他认为音乐对神经中枢有一种反射作用，和谐的旋律能使动脉扩张，影响血液循环。音乐能以音的高低强弱来决定心脏跳动速度和呼吸系统的运动，能促进消化机能，所以亿兆城设有"音乐能供应所"，通过电话设备把音波输送到居民的住所里去……

正当他高谈阔论之际，邵恩的粗嗓子插进来，打断了他的这份激情。"这一切根本不相干，"他说，"为什么把我们带到这儿？"

"因为弦乐器所起的作用最强……"

"啊，先生！闹了半天，你把我们骗到这里来，原来是为了镇定你们错乱的神经，医治你们的精神病人。"

"并非如此，诸位先生。"门波尔一面站起来，一面辩解道，"当我们的公民想聆听新旧大陆上某一位歌唱家的演唱时，我们随时可以实现这个愿望，只是我们完全把你们视为大名鼎鼎、闻名遐迩的艺术家。模范岛公司认为应该让亿兆城居民直接听到艺术作品演奏，因为那种享受没法形容。于是他们把这个任务交给了我，要我不惜一切代价把你们请来，必要的话，把你们骗来。你们是第一批到模范岛来的艺术家，请想一想，你们在这儿会受到怎样的欢迎！"

说着，门波尔掏出了他的钱包，从里面抽出一张印有模范岛徽印的单子，递给艺术家，说道：

"这是公司准备跟你们签订的合同，一张从今天开始为期一年的室内乐演奏合同，算是你们美国旅行计划的一部分。只要你们四位在这张证书下面签个名，生意就成交了。一年以后，模范岛就会回到马格达利那湾，你们可以在那儿及时赶上……"

"赶上我们在圣地亚哥的音乐会，是吗？"邵恩嚷着说，"只怕到时候迎接我们的都是倒彩了。"

不过弗拉斯戈莱还是拿起单子来细看了一遍。

"有什么保证给我们吗？"他问。

"一份由我们岛主席西吕斯·比克斯塔夫先生签字的模范岛公司的保证书。"

"酬金是按合同上说的？"

"不错，每人 100 万法郎。当然，即使是这个数目，也与诸位的身份不相称，因为你们的才能是无法用金钱来衡量的。"门波尔微笑着回答。

这时，几位艺术家不得不因为门波尔恳切的态度而消气了。但对总长提出的事，他们还是有些半信半疑。

"什么时候付？"他们继续问道。

"分四期付，"总长答道，"这儿是第一期的酬金。"

门波尔的钱包里塞了一沓沓钞票，他拿出四沓来，每沓是 25 万法郎。他把这些钱交给了弗拉斯戈莱和他的同伴，同时大声保证和宣布说："'四重奏'艺术家在我们岛上逗留期间所有的开销，都不用付钱！"

这样优厚的条件，除了在合同上签字，还有什么好说的呢？所以弗拉斯戈莱、伊凡尔内和潘希拉就都这么做了。邵恩虽然还嘟哝着说这一切简直太荒唐，但末了还是在合同上签了字。

"四重奏"就这样被拉进一次不可思议的冒险中，成了模范岛强迫请来的客人。

"四重奏"迎来了他们的首场演出，并且获得了巨大的成功。这是一个多么美好的开端啊！

热情、周到的招待必定令四位艺术家满心愉悦、流连忘返。

在那个有纪念意义的日子的第二天，"四重奏"离开了"精益求精"旅馆，来到娱乐城里专供他们使用的一套房间安顿下来。这套房间非常舒适，且布置极其豪华。窗外就是第一号街。他们每人有一间自己的卧室，当中是合用的客厅。娱乐城的建筑中央是一个庭院，里面树木枝繁叶茂，喷水池里水光潋滟，那浓密的绿荫和清新的流水正好供他们散心休憩。庭院的一边是亿兆城的博物馆，另一边是音乐厅。这间音乐厅就是巴黎来的这几位艺术家即将登台献艺的地方。他们将以他们的演奏极其荣幸地代替电唱机和剧院转播机放送的音乐。餐厅里摆着他们的专用桌，每天两次、三次……他们爱去多少次就去多少次，餐厅领班再也不会把那吓人的账单拿给他们了。

娱乐城里被光顾最多的地方是几间阅览室，那里有欧美的报刊和杂志。它们都是模范岛的轮船定期从马格

岛上文化、娱乐生活看来丰富多彩。

达利那湾带来的。这些报刊杂志经过众人的浏览和一读再读后，就被送到了图书馆的书架上。现在书架上已经整整齐齐地排列着好几千册书籍了。必要的分类和编目工作由一位年薪 25000 美元的图书管理员负责。他也许是岛上工作最清闲的工作人员了。此外，图书馆里还有一些音响书。这种书用不着读，只需按一下按钮，就可以听到一个悦耳的朗读声。

　　说到"本地"的报纸，则是在两位主编的领导下，在娱乐场的工作室内编辑、排版和印刷。其中一份叫《右舷新闻》，供右舷区的居民阅读；另一份叫《新先驱》，是给左舷区居民看的。报上刊登的都是些杂闻和邮船到达日期、商业区市价表、岛主席的指令，等等。岛外的政治消息通过海底电缆，由电话传达过来，这样，只要自己感兴趣，亿兆城居民就可以及时知道世界上发生的一切。《右舷新闻》和《新先驱》并不是相互敌对的，到现在为止，一直相安无事。当然，除了这两份报纸以外，还有一些周刊和月刊专门转载外地的文章，还有画报以及十几种专门刊登俱乐部消息、戏剧介绍和街头新闻的小报。这些小报只有一个目的，使人在精神上，甚至在物质方面得到哪怕片刻消遣。有几份小报是用巧克力墨水印上字的一种可以吃的面饼，看完后就可以当早点吃掉。其他的小报，有的能止泻，有的能通大便，功效都很好。

　　岛上的学校实行免费和义务教育，由学校的教师

虽然目前相安无事，但仅从各自的命名上，似乎隐隐体现着一种岛上两派势力的竞争和隔阂。

负责，他们领取和部长一样的工资。学生们在学校里学习语言、文字、历史、地理、物理和数学，以及舞蹈、绘画、音乐等娱乐艺术方面的知识。按照门波尔的说法，这里的条件比旧大陆随便哪个大学和学院都要好得多。

自从埃菲尔铁塔占了世界第八大奇迹以后，可以说模范岛要算第九大奇迹了。按理说慕名来参观的人一定会摩肩接踵，然而据门波尔统计，慕名而来的外地人从来都不多。再说事实上，这里的人也不希望有很多来客。去年到岛上的大部分是美国人，其他国家来的人很少。到现在为止，模范岛上大概还不曾出现过法国人。

"那么，这里有没有我们的同胞呢?"伊凡尔内问。

"有一个。"总长说。

"那么这位难得的幸运儿是谁?"毋庸置疑，这时候几位艺术家已经可以肯定他们的到来是值得庆幸的了。

"阿答纳斯·多雷米先生。他是教舞蹈和礼仪的，行政当局给他一笔相当可观的酬金。"

"瞧，这种课只有法国人能教。""殿下"说。

半个月后，即 6 月 11 日，我们的"四重奏"举行了他们在岛上以来的第一次室内音乐会。演出前，电子海报在各条大街的霓虹灯上随处可见。各家报纸纷纷登载了他们在美国巡回演出时所取得的巨大成功，并且热烈祝贺门波尔先生圆满完成了任务——尽管人人都知道，他的方法多少有些专横。

看来，模范岛并不希望受到世界上更多的关注，但它是否真的能成为"世外桃源"呢?

岛上居民对他们的音乐是真心的喜爱。

　　但是，能够身临其境地欣赏到知名艺术家的演奏，人们还有什么好说的呢？

　　从门波尔先生付给"四重奏"的报酬来看，就知道这次公演的音乐会肯定不会免费。所以音乐会的票价也是不菲的，一张沙发席 200 美金，也就是 1000 法郎。不过，门波尔夸下海口，说所有的位子都会被订购一空。

　　确实被言中了！文娱宫舒适雅致的音乐厅只有 100 张座位，如果用拍卖方式卖票的话，难以想象票价会高到什么程度！

享受舒适的生活，受到热烈的追捧，四位艺术家未来的生活似乎无限美好。

　　演奏节目包括四个，乐谱在总长关心之下，由拥有丰富藏书的文娱宫图书馆准备。这四个节目是：

　　降 E 长调第一弦乐四重奏，门德尔松作品第 12 号；

　　F 长调第二弦乐四重奏，海顿作品第 16 号；

　　降 E 长调第二弦乐四重奏，贝多芬作品第 74 号；

　　D 长调第五弦乐四重奏，莫扎特作品第 10 号。

　　于是，脚踏飘荡着的岛屿，身处于坐满亿万富翁的大厅，几位音乐家倾情演出，他们的演奏的确棒极了。尤其邵恩，他简直是兴奋到了极点！仿佛是他独自一人同时演奏着两把小提琴、一把中提琴和一把大提琴似的。对于交响乐的顶尖高手——"四重奏"来说，这是多么完美的一个开始啊！对于剧院经理来说，这又是多么出色的一个开端啊！

邵恩的心态已经和初始时截然不同。

　　我们还可以想象当时的盛况，不仅大厅里座无虚席，甚至娱乐城周围也挤满了听众。雷鸣般的掌声不断地响起，即便在遥远的地方倾听的人们，也一样表现出感动和热烈。

几天以后，邵恩、潘希拉、伊凡尔内和弗拉斯戈莱在总长的介绍下，会见了岛主席、首府市长——西吕斯·比克斯塔夫先生。他住在十一号街尽头的市政大厦里，跟西姆考耶舰长所住的天文台遥遥相对。岛主席是位单身汉，近60岁，他举止谦恭，颇有绅士风度，一言一行流露出外交家的谨慎。即使是在其他国家，他也会是一位很受尊敬的大人物。不过在岛上，他只不过是代表"模范岛有限公司"的一名高级公务员罢了——尽管他的薪金抵得上欧洲小国君主的开支，但是在这里他还算不上富裕——在那些巨富面前，他这些薪金算得上什么呢？

岛主席温文尔雅、谦逊和蔼。

"诸位先生，"市长说，"能把你们请到这里，我们真是太荣幸了！也许我们总长采取的方式不太合适，但我相信你们一定会原谅他的，对吧？再说，我们市政府以后将尽一切所能不让你们受到丝毫委屈。我们只希望你们每月演奏两场音乐会，至于平时私人对你们的邀请，你们可以随便接受。我们在此谨向各位极具才华的音乐家致以崇高的敬意。你们将是我们模范岛上有幸接待的第一批艺术家，这一点，我们永远也不会忘记！"

这样的欢迎辞使"四重奏"十分高兴，他们很快对这位市长产生了良好的印象。

　　模范岛继续向西航行。岛上的生活——无论公共还是私人生活，跟世界上的大都市都没有什么不同。四位演奏家并不太忙，他们最主要的娱乐活动就是探索"太平洋珍宝"所蕴藏着的一切新奇事物，自然，岛上的一切让他们佩服得五体投地。闲下来时，他们也结识一些本地人——有了那次盛况空前的表演，还有大名鼎鼎的门波尔推荐，谁会不盛情款待他们呢？"四重奏"首先拜访的便是他们的同胞，就是那位舞蹈和礼仪教师阿答纳斯·多雷米。这位好心的先生住在右舷区第二十五号街上一所租金 3000 美金的普通房子里，雇着一个年老的黑人女仆。这位老人已经 66 岁了，身材矮小，干瘪瘦削，虽然个子很小，但眼睛却炯炯有神，一口密实的牙齿整整齐齐，满头微微卷曲的浓发像胡子一样雪白。他步履稳健，带有某种节奏感，胸脯挺着，腰杆绷直，两只胳膊滚圆，两只脚微微向外撇成"八"字。我们的艺术家们兴致勃勃地请他聊聊，他也很乐意这么做，因为他的健谈丝毫不逊色于他那高雅的风度。

　　"我多么高兴啊，亲爱的同胞们！"第一次拜会他时，多雷米把这句话几乎重复了 20 遍，他也为结识这几个法国人而高兴——这可都是令法兰西骄傲的人呀！"我多么高兴看见你们！你们在这个城市住下，一定不会后悔，因为我在这里生活得非常习惯，简直没法接受别的生活方式了！"他发自内心地感叹。

这样的生活怎会令四位演奏家不无比满意呢。

几句话勾勒出一位和蔼可亲的法国老人形象，描述细致、栩栩如生。

可能是上岛以来首次遇到自己的同胞，老人愉悦的心情无法掩饰。

　　"您在这里住了多长时间，多雷米先生?"伊凡尔内问道。

　　"十八个月了。"舞蹈教师回答道，"模范岛一造好我就来了。我原先生活在新奥尔良，由于在那里的名声一向不坏，可敬的岛主席西吕斯·比克斯塔夫先生同意我到这里工作。从那个吉祥的日子开始，我在这里领导一所舞蹈和礼仪学校，依靠薪金在模范岛住下。"老头儿的语气里充满感激和满足。

　　四个巴黎人也便把自己的遭遇诉说一遍，告诉他们是怎样被加里斯特斯·门波尔骗到岛上，怎样刚刚上岛几小时就开航，等等。

这是法国人对所谓的"美国佬"一种普遍的观感。

　　"总长的这种做法，我并不感到奇怪。"老教师说，"这是一种手腕，他常常耍点儿手腕和伎俩，真不愧是巴内姆的子孙! 这个不拘小节的先生，真该好好跟我上上礼仪课。他就是那种舒舒服服地躺在扶手椅里，把脚跷到窗子上的美国佬! 其实，人并不坏，不过总是自以为是，想怎么干就怎么干! 算啦，亲爱的同胞们，别再怨恨他了，虽然错过了圣地亚哥的音乐会确定令人不快，不过，能在亿兆城住一阵子也是一件挺愉快的事。本地的居民会十分尊敬你们的，这一点你们以后会感受到的……"

再一次让读者了解了岛上的派系竞争的初步情况。为下文埋下伏笔。

　　当"四重奏"问到岛上两个区之间的对立问题时，多雷米证实了门波尔的说法。人们不能不担心左舷区和右舷区的居民会因为自身的利益和尊严发生冲突，托克登家与考弗兰家——这两个各自所在区的首富——相互之间的分歧正在萌芽——右舷区的居民到模范岛是为了安安静静地享福，左舷区的居民却不甘寂寞，有点儿想做起生意来了。他们思量着，为什么不能把模范岛利用起来，当成一个巨大的商船呢？为什么模范岛就不能带上满岛的货去大洋洲的各个商行做点儿买卖？为什么模范岛上不让办工业呢……总之，以托克登为首的美国佬们，在这里住了还不到两年，做买卖的瘾又犯了。虽然直到现在，这一切仅限于口头上谈谈，但岛主席比克斯塔夫已感到不安了。尽管他的地位很高，但在岛上从政绝非易事。事实上，他不过是公司的一个代理，他的职务要求他必须公正地站在托克登和考弗兰中间，不偏不倚。这里没有市参议会，只有名人委员会——由 30 个在智慧和财产方面都最突出的人组成。名人委员会通常在决定重大措施时——诸如审查航行计划——才举行会议。我们可以想象，在这些会上，有时免不了引起争论，也多亏比克斯塔夫调停得当，才能保证直到现在为止，并没有引发出什么问题。比克斯塔夫的两位助理，一个是基督教徒巴戴莱米·鲁其，一个是天主教徒赫勃莱·哈柯特，他们热心地辅助比克斯塔夫。他们都但愿这种内部分歧不要给这座使居民得到安宁的机器城带来骚扰。

"四重奏"辞别了多雷米，并答应以后再来看他。老教师照例每天下午到文娱宫去，尽管那里一个学生也

这两句连续使用三个破折号，它们的用法有什么区别和联系？

没有，他也愿意一个人待在那儿对着镜子备课。

交代了模范岛
下一步的行程。

每天，机器岛继续向西驶去，方向稍微偏南，以便到夏威夷群岛。6 月 25 日晚上，模范岛越过北回归线，进入太平洋热带边缘。

▌情境赏析▌

本章介绍了四位演奏家虽然最初因"可恶的美国佬"把他们骗上模范岛而愤愤不平，但在受到热情、周到的款待，当然还有丰厚的酬金之后，四个人留了下来，并且举办了第一场令人瞩目的演奏会，且获得巨大成功。通过岛上唯一一位同胞，也了解了模范岛的大致情况。

▌名家点评▌

他受大仲马影响之深，就文学而言，凡尔纳更应该是大仲马的儿子。

——（法）小仲马

当模范岛的居民们正在为穿过赤道而庆祝时，意外发生了：从岛外传来了一声炮响。

太平洋这一带有一条海底山脉，跟大洋洲其他陆地隔一片约一万英尺深的海水。这条山脉从西边延伸到东南，长900 英里，在海上露出八个岛屿：尼哈乌岛、考爱岛、阿胡岛、摩罗开岛、拉奈岛、马伊岛、卡呼拉伊岛和夏威夷岛。这八个大小不等的岛屿合称为夏威夷群岛。

我们的艺术家们非常希望在这次航海中能遇见几个土人。他们觉得，在土人的家乡，在他们的出生地碰见他们，比驯化的标本真实得多。尤其是潘希拉，特别想见识一下吃人的野人，总觉得那样才足够刺激。所以，艺术家们焦急地等待着，每天都在盼望着天文台的瞭望员能早一点儿发现夏威夷群岛的影子。

7 月 6 日清晨，愿望终于实现了！消息迅速传开，文娱宫的布告栏上用传真机打出了这样的通告：

模范岛已望见夏威夷群岛

西姆考耶舰长指挥着模范岛向阿胡岛驶去。阿胡岛的首府是火奴鲁鲁，同时也是整个群岛的首府。它在尼哈乌岛和考爱岛的东南，面积有 1680 平方公里。

模范岛并不是第一次光顾夏威夷群岛。去年它就穿越过这片海域，因为这里的气候对健康十分有益。

7 月 9 日上午，模范岛在离岸 10 锚链的地方停下来。

"四重奏"眺望着他们面前的一片绵延起伏的岛屿，一眼望去，只见一大片茂密的森林、橘林和其他各种美丽的热带植物。西南由一条窄长的岩礁围成的一个小小内湖，叫珍珠湖，湖底平原由一个古老的火山口形成。

这时候潘希拉忽然大叫起来：

"天啊，那是什么呀？"

"你看见什么了？"弗拉斯戈莱匆忙问他。

"那边，有几个钟楼……"

"真的，还有塔，还有宫殿的前廊！"伊凡尔内接着说，眼睛还眺望着那片领域。

"我们不是在夏威夷！"邵恩耸了耸肩说，"舰长弄错路了。"

"一定是弄错了！"潘希拉也说道。

不！西姆考耶舰长一点儿也没有弄错。这的确是阿胡岛，那个占地好几平方公里的城市就是火奴鲁鲁。

啊，这跟想象也差得太远了，或者说完全就是两码事。自那位伟大的航海家发现这个群岛以来，这里发生了多大的变化啊！当地的语言将要消失，代替的是盎格鲁—撒克逊民族语言。夏威夷岛和欧洲已建立海上交通，岛上除英国人以外，还住着美国人、中国人和葡萄牙人。至于当地的土著人，尽管他们因遭受中国传来的麻风病的侵袭而死伤过半，不过还是有一些幸存下来了，足够满足我们这几位艺术家的好奇。但是，吃人的那种早就绝迹了。所以，我们可以想象潘希拉的失落了。

"啊！原本是多么美的色彩，如今却被现代之手从调色板上涂抹掉了！"第一小提琴发出了感叹。

是的，时间、文明、进步——就是这些自然规律把原始色彩一点点地冲淡，几乎看不出来了。这是令人遗憾的事，但是当邵恩和他的同伴乘着模范岛的电动船上岸以后，他们不得不承认这是事实。

"太令人失望了！太令人失望了！"潘希拉喃喃地抱怨道，"为什么旅行总是要把原来美丽的幻想打破呢，这可真是件叫人难受和无奈的事。"

尽管夏威夷群岛在精神面貌方面的改变使人遗憾，使我们的艺术家大失所望，但是这儿的气候还是令人满意的，这是太平洋海域中对人体最为有益的气候之一。当地的居民从来都没有对天气表示过不满，许多美国的患者还纷纷来这里养病呢！更何况，这里的风景秀美无比。海岸地区生长着茂盛的椰子树和棕榈树，还有面包树、能榨出油的三叶油桐树、曼陀罗、槐蓝，等等。山谷中一种叫"墨南维亚"的茂密草丛间，点缀着无数高大的灌木；从山脚一直绵延到海拔 6000 英尺的山坡上的森林中，生长着高大的桃金娘和粗壮的酸模；还有纠缠在一起的蔓藤树，像蛇似的盘在树枝间。至于动物，种类并不多，没有野兽，至多有几只野猪；蚊子倒很多，想逃避它们可不是件容易的事；有无数的蝎子和各种危害不大的蜥蜴；还有长着黑黄相间羽毛的太平洋海鸟。

虽然这是模范岛第二次出现在夏威夷地区，但当地人对它依旧赞叹不已，成群结队地来欣赏这个伟大的人造奇观。这下可把模范岛上的警察忙坏了。他们必须对上岛的当地人进行严格审查，保证在晚上规定的时间之前参观者全部返回原处。没有获得官方的许可，外来人员是不允许在模范岛上停留的。

这样一来，乘坐港口的小艇绕着模范岛参观的游客就络绎不绝。晴空万里之下，海面上风平浪静，此刻还有什么能比在距离模范岛最近的地方，做一次绵延20多公里的游玩更令人愉快的事呢？

在这些来来往往的游船中，一只轻型船最值得注意。它每天都尽力在机器岛周围的海域中航行，天天如此。这是一种马来双桅小帆船，船尾为方形，船上坐着十来个英武的男人，由一个矫健的船长指挥。尽管这只小船频繁出现确实有些可疑，可岛上的执政官并没有放在心上——就算他们打什么坏主意，区区十几个人想要对抗岛上的一万居民，简直就是以卵击石！所以，尽管双桅船白天出来活动，晚上在海上过夜，大家却并没有为此担心。所以，也没有向火奴鲁鲁的航运管理部门提出过任何质疑。

7月19日早晨，"四重奏"跟阿胡岛告别，模范岛一大早起航，向西南方驶去。那只双桅船一直在附近跟着行驶，直到太阳在拉奈岛山后落下去时，瞭望员才看不见那只船。

当第二天天亮后，再回看那只双桅船，已经只是北面水平线上的一个白点了。

从6月23日以来，太阳越来越偏向南半球。恶劣的天气即将来此施虐，因而有必要离开这一带地区。既然太阳是在往赤道那边移动，最好跟在它后面穿过赤道，那边气候对人合适。夏威夷群岛距离马贵斯群岛大约3000公里，模范岛以最快速度赶去那里。在此期间，四位艺术家对岛上以詹姆·托克登为首和以南特·考弗兰为首的两个阵营有了更详细的了解。

詹姆·托克登是个彻头彻尾的地道美国北佬，脾气暴躁，为人自私；喜欢发号施令，又爱出风头。长着一个大脸盘，半部赭红的络腮胡子，短头发。虽然已经 60 来岁，两眼却很灵活，身材高大魁梧，四肢粗壮。他喜欢炫耀财富，不过也许是觉得口袋还不够满，他和他那一区的人还想重操旧业。

托克登太太是位普普通通的美国女人，心地相当善良，对丈夫百依百顺，对子女非常慈祥，是个典型的贤妻良母。她仿佛命里注定要抚养一大群儿女，她一共生了 12 个孩子，并尽心尽力地抚养着他们，从来没有过失职的行为。既然这笔 20 亿的遗产需要有人来继承，那么一下子有 12 个直系继承人有何不妥呢？况且，托克登夫人把他们都调教得很好。

在这个大家庭里，或许只有长子——华脱·托克登引起了"四重奏"的注意。他外形优雅，智力一般，像母亲的地方比像父亲的地方多。这个年轻人受过完善而良好的教育。他曾经前往美国和欧洲各地游历，但每次外出，他都会尽快返回模范岛那充满魅力的生活中。他喜欢参加各种体育活动，在网球、马球、高尔夫球和棒球的比赛中，他都能在亿兆城那一帮年轻人中独占鳌头。不过，他对于有朝一日将要继承的那笔财富，并不感到骄傲。他的心地很善良，只是岛上实在没有穷人，所以他根本没有机会表露他的菩萨心肠。他的年龄也老大不小的了，已经摸到三十的边儿，应该考虑婚姻大事了。难道他不想结婚吗？各位接着往下看吧。

我们再来说说南特·考弗兰家族里的事吧！左舷区的首富托克登

家族与右舷区声望最高的南特·考弗兰家族，二者之间真可谓天壤之别。

南特·考弗兰气质比他的对手要文雅得多，处处表现出他的法兰西祖先的风范。他的财富没有一点儿是从地心深处的石油层里冒出来的，也不是从冒着热气流着血的猪内脏里扒出来的。绝不是！他的钱都是办工业挣的，是修铁路、开银行赚来的。目前他所想的，只是平平和和地享受财富。他并不掩盖自己的观点，反对任何想把"太平洋明珠"改造成一座巨型工厂或贸易市场的企图。

南特·考弗兰长得高大魁梧、身材匀称，一张挺好看的脑袋上覆盖着灰白的头发，栗色的胡子中掺杂着几缕银丝。他头脑足够冷静，仪表也堪称高贵。在亿兆城那些保留南美上流社会传统的要人中，他无疑占据着首要地位。他爱好艺术，对绘画和音乐都很内行，并且熟悉欧美文学。

考弗兰太太比她丈夫小 10 岁，已进 40 大关。她气质文雅高贵，精通音乐，并弹得一手好钢琴。"四重奏"还到她的第十五号街的公馆去过几次，还同她一起演奏了乐曲。他们对考弗兰太太的艺术才能由衷地赞叹不已。

上帝没有像对托克登夫妇那样赐予考弗兰夫妇众多子嗣，他们只有三个女儿来继承如此庞大的家产。好在三个女儿都长得十分美丽，特别是大女儿蒂安娜，大家都亲昵地叫她蒂。她刚刚够得上 20 岁，是位美若天仙的姑娘。她融合了父母的优点，有一双漂亮的蓝眼睛，一头似栗色又似棕色的秀发，娇嫩的肌肤犹如刚刚盛开的玫瑰花花瓣，身材苗条优美。这一切，决定了蒂安娜小姐是亿兆城年轻人追逐的对象。显而易见，这些年轻人绝不会让外来人煞费苦心得到这颗

"无价宝"的。

说实在的，如果不考虑别的，华脱·托克登跟蒂·考弗兰倒是天造地设的一对。但竞争却使模范岛上最有名望的两家产生了隔阂，这的确是件叫人遗憾的事。

"除非有爱情因素掺杂在里面！"有时，总长若有所思地眨一下他那金丝夹鼻镜底下的眼睛说。

不过，华脱·托克登好像对蒂·考弗兰并没有什么特别的好感，反过来，考弗兰小姐也是如此。换种说法，双方尽力保持着这种矜持。这令亿兆城上流社会中那些好奇心特别重的人大为失望。

机器岛继续南下向赤道航行，差不多在沿着西经 160 度走。展现在它面前的是太平洋最为宽广的海域，其中既没有大岛，也没有小岛。

每天，当同伴们到公园或者周围的田野中散步的时候，弗拉斯戈莱都会来到船舻炮台。他对于这次航行中的任何细节都非常感兴趣。他在那里经常能遇到舰长先生，后者也十分乐意为他讲解这片海域中的那些奇特现象。

诸如，7 月 30 日的夜里，大自然慷慨地赐予人们一幅使他们赞叹的奇景。

那天下午，海里出现一大群不知从哪儿游来的水母，好几平方英里的海面都被遮住。这么大的水母群，模范岛居民还没有遇见过。这种动物——也有动物学家把它叫作大洋虫——它们把植物吸进它们半圆形的身体，过着一种极简单而原始的生活。这种生长在太平洋热带海区的水母，全是伞形的，色泽透明，五彩斑斓，周围长着触须。它们大小不超过两三厘米，占那么大面积的一群水母，数量一定有好几十亿！

当天完全黑下来的时候，热带夜景又展现在了人们面前。夜空中繁星点点，甚至照亮了太平洋最深处的海底。一望无际的海面上泛起点点磷光，反射出玫瑰色和蓝色的美丽光线，就好像一大片数不清的萤火虫在那里闪闪烁烁。

模范岛的前端很快冲进了水母群，将这庞大的生物群一分为二。几小时后，这种发光的动物像一条带子把机器岛围起来了，模范岛好似戴上了圣像画中圣人与圣女头顶的光环一样，绮丽无比。这幅景象一直持续到黎明，直到初升的晨曦把它们的光芒压灭为止。

六天以后，模范岛来到了赤道——正是它把地球精准地分为完全相等的两部分。在这个位置，人们可以同时看到天穹的两极：北边闪烁的是明亮的北极星，南边的天空则点缀着光辉耀眼的南十字星座。

经过赤道时，亿兆城的居民像过节一样。届时，公园里要举行各种庆祝活动。礼拜堂和天主教堂要举行隆重的宗教仪式，还要进行几场环岛电动车赛，而且天文台的平台上必然燃放绚丽多彩的烟火。

事实上，这一天被选为从马格达利那湾出发后诞生的孩子作洗礼的日子，而对那些从未到过南半球的外人来说，这一天他们同样也要举行洗礼仪式。

庆祝活动在 8 月 5 日下午开始。除不能离开岗位的人员外，所有人员都得以享受休假。城里和港口一切工作暂时停了下来。推进机也停止运转。蓄电池里的电量足够供应照明和通信用电。同时，模范岛没有停止航行，有一股海流把它带向地球的平分线。礼拜堂和圣玛丽亚教堂响起歌声和祈祷声，还有响亮的风琴声。公园里人人兴高采烈，进行着热烈的体育活动，各阶层都参加。以华脱·托克登为首的最有钱的绅士在打网球和高尔夫球。当太阳从地平线笔直落下时，烟火的火舌将射向天空，而一个没有月亮的夜空正好充分衬托这绚丽多彩的景象。

文娱宫大厅里，"四重奏"正在"领洗"，西吕斯·比克斯塔夫亲手给他们施洗礼。岛主席把一杯杯冒着泡沫的香槟端给他们，几位艺术家将美酒一饮而尽。

"四重奏"为了对这种盛情款待表示谢意，演奏了他们最拿手的乐曲：F 长调第 7 弦乐四重奏，贝多芬作品第 59 号；降 F 长调第 4 弦乐四重奏，莫扎特作品第 10 号；D 短调弦乐四重奏，海顿作品第 17 号；第 7 弦乐四重奏，门德尔松作品第 81 号。他们把这些优美的合奏曲毫无保留地演奏了一遍，而且任凭听众免费欣赏。于是大厅里挤满了人，门口都被堵得水泄不通。在听众的要求下，他们又演奏了第二遍和第三遍。演奏完毕，岛主席献给艺术家们一块镶着好几克拉金刚钻的金牌。金牌一面是亿兆城的徽记，另一面刻着几个法国字：

献给四重奏
模范岛公司、市政府暨全体居民敬赠

根据天文学家的计算，模范岛应该在当晚 10 点 35 分的时候横穿赤道。届时，船舻炮台将分秒不差地鸣炮一声。炮台上有一根电线通到天文台广场中央的一架机器上，鸣炮声将由这架机器开动大炮而发出。至于发炮的人，要请一位有声望的人担任，这对于模范岛上的人们来说可是一种莫大的荣誉。

然而，这一天，有两位重要人物都想获得这个荣誉。不消说大家

也会知道，他们便是詹姆·托克登和南特·考弗兰。这件事使比克斯塔夫万分为难。市政府事先和两个区进行了几次艰难的协商，但都无果而终。显然，双方都不想让步，况且这可是件能极大满足他们虚荣心的事。加里斯特斯·门波尔也从中斡旋，尽管总长先生有出色的外交才能，但是这回却也一败涂地。詹姆·托克登丝毫不肯对南特·考弗兰让步，而南特·考弗兰也绝不肯迁就詹姆·托克登。眼看一场骚乱迫在眉睫。

一场激烈的龙虎斗即将爆发：两位领军人物在广场相遇。他们虎视眈眈地对峙着，电动点火器就离他们五步远……只要指尖一按按钮……

就在双方都僵持不下的时候，得知这场公开决斗的人们，纷纷跑来观看。邵恩、伊凡尔内、弗拉斯戈莱和潘希拉在演奏结束后，也来到广场，好奇促使他们也想看看这场争夺的过程。

两位要人互相走近了，但谁也不理谁，甚至头都不点一下。

"我想，先生，"托克登先开口说，"相信您是不会跟我争这个荣誉的……"

"这也正是我对您抱的希望，先生。"考弗兰回应了一句。

"我是不能容忍在公众面前损伤我的面子的。"

"我也不能……"

"那我们就走着瞧吧！"托克登没好气地大声说着，然后朝机器跟前走了一步。

考弗兰也向前迈了一步。这时，双方的拥护者都参与进来，两个队伍互相发出恶毒的攻击。华脱·托克登本来打算支持父亲，可是看到考弗兰小姐对这事采取旁观态度，他也明显地犹豫不决了。

时间在一分一秒地逼近，模范岛岛尖就要划破赤道，一点也容不得耽搁了。一句话，如果不是此时传来一声炮响，真不知道这事情该如何收场。

这炮声不是船舻炮台发出的，而是明明白白从海里传来的，人们个个听得真切。

大家都因过度紧张而惊呆了。

模范岛之外的大炮发出的这一声炮响意味着什么呢？右舷港发来的一封电报立即澄清了大家心头的疑团。在距离模范岛二三英里处，有一只遇险的船只刚刚发出信号，请求援助。

这个插曲简直太巧了，太出乎意料了！大家不再想着两位显贵的你争我夺，也忘却了庆贺穿过赤道这码事。况且，时间也过了，赤道已经置于岛后了，所以，准备好的那发炮弹就让它留在炮膛里吧。对于托克登和考弗兰两家的面子来说，这样再好不过了。

众人纷纷离开广场。由于这个时候电车已经停开，大家只好匆匆忙忙步行向右舷港口的防波钢堤奔去。

收到海面上发出的求救信号后，港口的官员立即采取了救援措施。等众人赶到码头时，电气艇正载着搭救上来的遇险者往回开，而那只遇难船则很快沉入了太平洋的深渊里。

遇难船只就是那只马来双桅船。自从模范岛离开夏威夷群岛以来，它一直尾随在后面。大家肯定还记得，在夏威夷时，它经常在距离模范岛不远的地方游弋，目的就是要近距离地观察模范岛，只不过当时没有引起岛上任何人的注意。诚然，对于这么一只小船，何必大惊小怪呢？

不过，如果你接着往后看，你就会发现，这种看法或许是个错误。

被救的连船长一共有 11 人。船长外表强悍，40 岁的样子，名字叫萨洛尔。他手下的船员也都是结实的小伙子，是生长在马来西亚最西边那些岛上的人。这些马来人会讲流利的英语。据他们说，24 小时前，也就是 8 月 4 日的晚上，他们遇见一艘开得极快的轮船。虽有船灯，那艘船却没有看见他们，于是发生了撞船事件。事件发生以后，那艘船继续行驶，它大概没受影响，但却给双桅船带来了极其严重的后果。它前桅折断，船缘跟水面一样齐了。船上的人全部攀在船幕上，海流把船往东冲去，接近模范岛。

目前的问题是怎样把遇险的人送回去。据说在互撞以前，他们是向新赫布里底群岛行驶的。模范岛现在往东南航行，不能改变航线，折向西去。比克斯塔夫因此向他们提议在马贵斯群岛上岸，在那里等候到新赫布里底的过路的商船。

船长和船员面面相觑，好像大失所望。这个建议使这些可怜的人十分苦恼。船和货物都沉没了，可以说他们已经一无所有。到马贵斯等船，那不知要等到哪年哪月，再说他们在那里靠什么生活呢？

"岛主席先生，"船长用恳求的口气说，"您救了我们，我们真不知道该怎样表示感激才好……虽然这样，还想请您再给我们一个更大的方便。我们在火奴鲁鲁时，听说模范岛访问太平洋南部后，要到太平洋西部斐济岛去。斐济群岛距新赫布里底不远，所以，恳请您把我们收留到那个时候，然后再……"

"这件事我肯定没法答应你们。"岛主席一口拒绝道，"我们的航行不许外人参加。这样吧，等到了马贵斯群岛，我打电话跟马格达利那湾当局商量一下。公司同意的话，就带你们到斐济群岛去，你们从那儿回去也方便些。"

这样，这些马来人就在岛上暂时待下来了。直到 8 月 29 日，模范岛望见马贵斯群岛的时候，他们还一直在岛上。

马贵斯群岛，还有一个名字是奴卡希伐。因为群岛中一个最主要的岛叫这个名字。现在模范岛正向它驶去。8 月 31 日下午，模范岛在大伊—渥哈埃湾停泊下来。它将在这里逗留几天。

邵恩和他的同伴在这个岛上做了几次远足。这使他们感到愉快，忘记了一切疲劳。

马贵斯的居民大都散居在树荫下。那里山谷优美，大伊—渥哈埃山谷特别被奴卡希伐居民喜爱，于是他们选择在这里安家。这里生长着茂密的树林，有椰子树、芭蕉树、番石榴、面包树及其他的树木。走在浓荫中是一种难得的享受。四位游客在土人小屋里受到殷勤的招待。如果是在 100 年前，他们就有可能在这些小屋里被吃掉。现在，他们却能在这儿吃着用香蕉和蜜糖做成的饼、面包果和山芋。至于那种叫"屋阿"的生吃的大鳊鱼，还有煮得越烂越好的鲨鱼背上的肉，他们都婉言谢绝，连碰都没碰。

有一天早上，四位艺术家去塔伊人居住的村子附近。他们沿着一股湍急水流往上走，一直到了山顶。当他们向逶迤脚下的山谷望下去时，不禁发出赞美的惊呼！要是带着乐器，在这样稀有的美景前面，一定要奏一支抒情妙曲！当然，听众只是几对鸟！但这一带山冈上飞翔着的鸽子是多么美丽，小小的海燕是多么可爱，空中翱翔的热带鸟又是多么自在！

当地土人的相貌十分独特，带有明显的亚洲人的特征，这一点说明他们与大洋洲其他部落有着不同的祖先。这些人身材中等，体型匀称，肌肉发达，胸部宽阔。他们的四肢很纤巧，脸呈椭圆形，前额突起，黑眼珠，长睫毛，鹰钩鼻，牙齿洁白整齐；皮肤既不太白也不太黑，有些类似于阿拉伯人的茶褐色，脸上的表情显得既开朗，又温和。

"他们长得真美。"伊凡尔内说，"可是，如果他们只围一块腰布，光着脑袋，张弓射箭，也许比现在更美。"

这话是跟岛主席一起游览时说的。岛主席回答他说：

"您说的也许有道理，伊凡尔内先生。马贵斯人围着沙笼，穿着色彩鲜艳的裙子，的确神气得多。可以肯定，现代的服装对他们不合适！但有什么办法？外表端正是文明的结果！我们的传教士在'开化'土人的同时，把他们的穿戴也弄得复杂起来。"

"您认为这样做是否对呢，主席先生？"

"从礼仪的角度上看，也可以算是对的！但从健康方面考虑，就不对了！自从奴卡希伐人穿得整齐以来，必然地，原始活力减弱，单纯乐观也慢慢消失。他们变得烦躁郁闷，健康也受到了影响。这是种族衰弱的一个重要原因。"

"从这件事情得出一个结论，""殿下"说，"当初亚当和夏娃从伊甸园被赶出来后，正是因为穿起了长袍和长裤才打喷嚏。而这一点反映到我们——他们的衰弱的子孙身上，就害起了肺炎！"

"主席先生，不过我总觉得这个群岛上的女人好像没有男人长得好看。"伊凡尔内说道。

"别的群岛也这样。"比克斯塔夫说，"对于比较原始的种族来说，这是一条共同的自然法则。动物不就是这样吗？从外形美来说，雄的差不多总比雌的好看。"

"嗳!"潘希拉叫道,"要在地球那一面发表这番议论,恐怕漂亮的巴黎俏女郎们是无论如何也不能同意的!"

9月5日,模范岛在大伊—渥哈埃起了锚。根据航行的计划,取道西南方,向帕摩图群岛驶去。

11日上午,左舷港一只小船靠近一个有电缆通往马格达利那湾的浮标,跟美国海岸电话线接通。岛主席向模范岛公司当局请示有关双桅船脱险者一事,询问公司方面是否可授权给他,允许这些脱险者在岛上一直待到到达斐济群岛,好让他们少花点儿钱并能更快地回去。

公司批准了岛主席的申请,只要亿兆城的显贵们没有异议,模范岛甚至可以带着这些外来者向西航行,一直把他们送到新赫布里底群岛去。

比克斯塔夫把这个决定通知了萨洛尔船长,船长请岛主席代他向马格达利那湾的行政当局致谢。

第七章

模范岛顺利地在帕摩图群岛中穿行，人们充满欣喜与激动，这真是一段难忘的旅程。

的确，对于"四重奏"来说，他们应该感谢门波尔把他们带到模范岛上来才对，尽管他的手段不怎么高明。但是，管他用什么手段呢！他已经使"四重奏"成了这儿最受欢迎的客人，这难道不是件好事吗？然而邵恩却不这么想，他依然成天横挑鼻子竖挑眼的，好像有满腹的不满——有什么办法呢——谁能把浑身长着利刺的刺猬变成毛茸茸的小猫呢？不过，他的三个伙伴倒是高兴得乐不思蜀。他们认为，世界上再没有比这更好的神仙般的生活了。行进在这片令人叹为观止的太平洋海面上，既没危险又不劳累，真是太棒了！机器岛在不同的海域中穿行，因而天气总是那么宜人。况且，岛上的两大阵营不管怎么斗，与他们都不相干。他们只是机器岛上公认的音乐大师，在左舷区，托克登家和其他显贵人家把他们奉为上宾；在右舷区，考弗兰家和别的高贵家庭待他们倍加礼遇；无论是岛主席，还是西姆考耶舰长，甚至那些天文台的军官，见了他们人人笑脸相迎；每逢基督教堂有庆祝活动，或者圣玛丽亚教堂举行宗教庆典，都少不了请他们奏乐助兴；不管是去港口、下工厂，还是深入公务人员和职工中间，他们遇到的人无不友好热情……试问每位头脑清楚的人，在这种情况下，我们的同胞还用怀念他们从前那东奔西走的日子吗？有谁不会嫉妒他们呢？除非是个专门跟自己过不去的疯子！

尽管模范岛气候宜人，天空中也难免会出现几个黑点，黑点慢慢变成浓厚的乌云。过不了多少日子，这些乌云就将变成狂风暴雨，化为电闪雷鸣了。

托克登和考弗兰两家的争斗着实令人担忧。自从右赤道发生那一幕以后，托克登和考弗兰已经成为公开的敌人，而且，矛盾还在不断地激化——谁知道还会不会爆发公开的冲突呢？亿兆城会不会遭受动荡呢？人们不得而知。人们只知道，两大家族的关系已经完全破裂，连他们的亲戚朋友也自然地分为两派。两区之间来往完全中断。当双方的成员远远地看见对方时，立刻会转身躲开。万一碰到了，就狠狠地盯住对方，做出威胁的手势。因此，大家认为托克登公馆和考弗兰公馆是两座火药库，只要有一丁点儿火星，就会发生大爆炸，甚至连模范岛都会被炸上天。

再说，大家千万别忘了，这是个机器岛，目前正漂浮在深不可测的大洋上。当然，所谓的爆炸虽然只是一种比喻，但这样说也不过分。冲突的结果很可能是富豪们不得不流亡岛外，这样必定会给模范岛的前途带来危害，而模范岛有限公司也将蒙受无法估量的损失！

其实，这只是一些不安全的假象，如果模范岛当局还有警惕性的话，就应该好好关注关注得救后的船长和那些马来人。他们平时少言少语，始终同岛上的居民保持距离。看样子，他们似乎在尽情地享受着目前这种舒适安逸的生活——这种生活，他们在返回未开化的新赫布里底群岛后肯定会怀念的！

那么，他们是否值得怀疑呢？这很难说得清。不过，如果有哪一个人警觉一些的话，就能注意到：这帮人不断走遍模范岛上的各个角落，似乎在研究着亿兆城的什么——街道的布局、高大的建筑物、旅馆的位置，他们看起来好像在极力绘制一份精确的平面图。人们漫步公园或者穿行于田野时都可以遇见他们。他们频频出入左右舷港，观察来往的船只，甚至还常去岛前岛后的两个炮台参观……而这一切，似乎也并不为过，这不也是很自然的吗？这些人除了成天无所事事地到处转转，还能有什么好法子打发时光呢？

不过，这一切对四位艺术家没什么影响，他们依然陶醉在美妙的航行中。几星期以前，邵恩和他的同伴们从各地报纸中得知，美国报纸登载了他们失踪后来到机器岛上的消息——享誉全美的"四重奏"在合众国里是多么的受欢迎啊！那些没能倾听他们演奏的人们翘首企盼，等待他们的出现。可想而知，他们的失踪造成了多么大的轰动！而这么大的事，模范岛公司竟然与美国联邦政府没有任何交涉——这也是邵恩总是充满着不悦与沉默的原因——他是害怕"四重奏"的举动引起一场争端啊！

不过，自从被迫上岛以来，我们的演奏家们已经往法国写过好几次信了。放下心来的家人们也经常写信给他们，两地间的邮政服务就像纽约和巴黎之间一样可靠。

9月17日早上，弗拉斯戈莱在图书馆里兴致勃勃地翻看着帕摩图群岛地图，模范岛此时正向那里靠近。一打开地图，他就大叫起来：

"天哪，上千个黑点！乱七八糟的这么一大堆，西姆考耶舰长怎么分辨得清？他绝对穿不过去！有几百个岛呢！他一定会触礁，会搁浅，最后我们只能留在这里永远也出不去!"

他说的一点儿都没错，帕摩图群岛总共有大大小小上千座岛屿!根据估计，群岛所在的周围是成片的珊瑚礁，其方圆不少于650法里。像模范岛这样的巨型机器，怎么敢在这个群岛中冒险航行呢?

但是，无论多么危险，西姆考耶舰长还是一往无前。对于这一带海域，他了如指掌，所以，驾驭如此庞大的海上机器前行，就如同划着小船一样容易。他能够让机器岛在原地掉头，就好像是在摆弄船桨那么简单，所以，弗拉斯戈莱尽可以放心。

模范岛9月27日早上到达安娜阿岛。安娜阿岛原来是群岛首府，自1878年被大旋风破坏后，首府改为法卡拉伐。

现在，这座岛已经恢复了元气，岛上的居民已经达到了1500人。岛上风光旖旎。

模范岛刚停下来，亿兆城居民立刻纷纷上岸。大提琴和他的同伴们最先踏上岛岸。

这个岛跟帕摩图的其他岛屿一样，是珊瑚岛。珊瑚质岛岸的宽度——也就是环带的宽度——是4～5米。这条环带上生长着成千上万棵椰子树，这是岛上主要的财富和经济来源。据弗拉斯戈莱了解，这里的主要工业是炼椰子油。但椰子树有一个天敌，四位游客曾有一天在内湖附近跟这个敌人不期而遇。

当他们正躺在湖边的沙滩上休息时，忽然间，草丛发出一阵窸窸窣窣的声音。这种声音先是引起了他们的注意，接着他们害怕起来。

他们看到了什么?原来，是一只巨大无比的甲壳虫出现在他们面前。

他们的第一个动作是赶紧站起，然后，仔细地观察着这个怪物。

"多难看的东西啊！"伊凡尔内大叫起来。

"是一只蟹！"弗拉斯戈莱接着说。

果然是一只蟹。这种被当地土著人称作"皮尔古"的蟹，在这一带岛屿上比比皆是。它们的两只前爪形成了一把坚硬的钳子或剪子，它们就是用它来剥开椰子壳——这是它们偏爱的食品。这些"皮尔古"生活在深洞里。它们的洞穴都是紧贴着树根挖的，洞很深，里面铺着它们收集来的椰壳外层的纤维，当成垫草。它们多在夜间出来寻找树上落下的椰子，甚至爬上椰子树去把椰子弄到地上来。使四位艺术家毛骨悚然的那只蟹，就像潘希拉说的，肯定饿坏了。所以才会在烈日当头的中午时分离开它那黑暗的栖身地。

大家没有去惊动它，只是怀着强烈的好奇心看着它想干什么。只见它直奔荆棘丛中的一个椰子而去。到了那儿，它用螯一点一点地撕开椰子上的外皮，而后，当椰子的硬壳完全露出来时，它便对准一点又敲又打开始对付这层硬壳。硬壳打开后，这只"皮尔古"便用它那两只顶端很细的后爪把壳上的椰肉挖出来。

"大自然造这只'皮尔古'，是为了叫它剥椰子的。"伊凡尔内打趣地说道。

"也是为了喂'皮尔古'才造的椰子。"弗拉斯戈莱补充道。

"嗳，我们违背一下大自然的意图，不让蟹吃到椰子，怎么样？"潘希拉建议说。

"别干涉它。"伊凡尔内说，"巴黎人出门在外不要对任何东西打坏主意，即使对一只'皮尔古'。"

大家同意他的话。于是，那只蟹向第一小提琴投射了一道感激的目光——它刚才一定向"殿下"狠狠瞪过一眼。

模范岛在安娜阿岛停泊了六十个小时后，继续向北航行。西姆考耶舰长镇定地指挥着，模范岛在密密麻麻的大小岛屿中穿行。在这种情形下，人们纷纷集中到海岸附近欣赏风景。眼前不断出现的新岛屿像一只只翠绿的花篮，这让大家非常兴奋。

10月4日，模范岛移到了法卡拉伐南部的航道口停了下来。在居民们乘坐小船上岛参观前，这里的法国驻扎官来到了右舷港，比克斯塔夫下令将他接到市政府来会面。

会晤是在热情友好的气氛中进行的。比克斯塔夫身穿用于此类仪式的全套礼服，显得庄严而气派。驻扎官是一位海军陆战队的老军官，他也和岛主席一样衣冠严整。再没有比此时更加庄重的场面了，双方都表现得十分得体。

会晤结束后，驻扎官得到允许游览亿兆城，由门波尔陪同。作为法国人，"四重奏"和礼仪教师多雷米愿意加入其中，并一同前往——对于这位常年远离祖国的可敬的人来说，能够遇到自己的同胞，那该是多么愉快的一件事呀！

第二天，岛主席对老军官进行了回访，双方仍旧穿着昨天的盛装。"四重奏"一踏上法卡拉伐的土地，就径直来到驻扎官府邸一饱眼福。这是一所十分简单的住房，驻扎着十二名老水兵组成的卫队，营地的旗杆上悬挂着法兰西的国旗。

虽说法卡拉伐成为帕摩图首府，却一点儿也不比安娜阿岛秀丽。这里是炼制椰油的中心，除此以外，人们还采集珍珠贝。有几个渔夫得到允许，把采得的蚌或珍珠卖给亿兆城的大富翁们。当然，并不是说城里的那些阔太太缺少什么珠宝，但这些完全处于天然状态下的宝贝的确来之不易。这些渔夫的家底一会儿就被富豪们用不可思议的高价买走了——只要托克登夫人花大价钱买一颗珍珠，考弗兰夫人肯定也会如法炮制。幸好没有发生为争夺同一颗珍珠而竞相抬价的情况，否则，这种争夺何时是个头啊！总之，这一天对于那些法卡拉伐人来说，真是"赶了个顺潮"！

十天以后，模范岛一清早起航，朝着那由于航海家蒲盖维勒的介绍而出名的塔希提岛驶去。

塔希提岛是法国的保护领地，它的形状完全像一个倒置的葫芦。这个"葫芦"坐落在珊瑚基底上，它的地基笔直地深入海底。模范城的居民在登上岛岸之前便可以观赏到它那庞大的身躯，领略到它那比夏威夷群岛更加受到大自然垂青的群峰和茂密的峡谷，还有那些挺立于天地间的悬崖峭壁。

亿兆城的居民第一次到塔希提岛来。去年他们的旅行开始得太晚了，所以在离开帕摩图后就只能重新返回赤道，没有再向西行。然而，塔希提岛是太平洋中最美丽的岛屿，我们的巴黎客人也不得不由衷地赞美它。

10 月 17 日黎明，天色还没有大亮，在模范岛上就可以望得见塔希提岛了。首先显现在大家眼前的是该岛的北海岸。还是在夜里的时候，就已经看得到维纳斯角的灯塔了。一个白天的时间足够让模范岛到该岛的首府巴比丹附近停泊。巴比丹位于岛的西北部，所以得过了岬头才行。

但是这个时候，30 位名流议事员在岛主席的主持下召开了一次会议。会上对模范岛应该去塔希提岛的哪一侧产生了分歧。由于议会是由两个区的名流组成的，双方势均力敌，阵营分明。以托克登为首的一派主张去西侧，而以考弗兰为首的一方却坚持去东侧。在双方产生分歧时，比克斯塔夫的意见就至关重要了。因此，他决定先由东往南再向西围着岛绕一圈，最后再到巴比丹停泊。

"四重奏"对于这个决定十分满意，因为这样，他们就能够欣赏到太平洋上这颗美丽珍珠的全貌了。要知道，它被喻为"爱与欢乐的天国"啊！

于是，亿兆城的人们得以在登上岛岸之前一睹塔希提岛庞大的身躯——它那比夏威夷群岛更受大自然垂青的群山、树木丛生的峡谷，以及宛如大教堂般挺立的峭壁悬崖，不时引发人们的阵阵惊呼。

不知不觉，已经到了黄昏。太阳渐渐落下地平线，它最后放射出的霞光染红了群山顶部。不一会儿，晚风从橙林中带来阵阵果香，夜幕就要来临了。这时机器岛已经驶过了东南方的海角，第二天日出的时候，它将出现在西侧海岸。

第二天，天刚破晓，便响起了炮声。这是船舻炮台发出的，它发了21响礼炮，向塔希提岛表示敬意。与此同时，天文台塔顶的那面金日红旗也升降了三次。而塔希提岛上的炮台也发射了同数的礼炮作为答谢。

一大清早，右舷港就挤满了人。电车载送着成群的要去游览群岛首府的人。由于模范岛的小船不够容纳这么多人，当地居民争先恐后地抢着载送游客。

将近9点，比克斯塔夫与他的助理巴戴莱米·鲁其和赫勃莱·哈柯特三个人都穿上礼服，两区的重要人物，包括南特·考弗兰和詹姆·托克登、西姆考耶舰长和他的军官，还有斯蒂华脱上校和他的仪仗队，全部衣冠整齐地登上漂亮的电气艇前往巴比丹港。邵恩、弗拉斯戈莱、伊凡尔内、潘希拉和一些公务员另坐一只船。

当地人的小船和独木舟在海上列队欢迎着亿兆城的访问团，显贵中最著名的两位完全有能力买下整个塔希提岛——甚至可以连同它的女王一起买下来。

电气艇沿着海滩威风凛凛地行驶。海滩上到处都建有别墅和游乐场，码头还停着一些船只。大家在一座优美的喷泉旁上岸后，大队人马径直走向塔希提群岛首长所在地。

这一带是法国殖民地，归法国保护。首长是总督。他手下有一位指挥官，领导海陆军并且兼管财政、法政，总督的秘书长则管理当地民政。归司令部指挥的有几支殖民军宪兵队、炮兵队及海军陆战队。在这里，巴黎人可以自认为他们身在法国，在一个法国的海港。这一点使他们感到很愉快。

模范岛队伍在树荫下向岛政府走去。一路上，美丽的大树用繁茂的枝叶为他们遮挡耀眼阳光，这里到处种满了椰子树、粉色叶片的木蔷薇和成片的橙树。总督府坐落在绿荫掩映的丛林中，宽大的屋顶几乎与参天大树一样高，屋顶上镶嵌着漂亮的复斜式天窗。这是一座两层建筑，从正面上看，显得优雅别致。当地主要的法国官员聚集在这里，殖民军宪兵队列队相迎。

总督对比克斯塔夫一行表示热烈欢迎。他感谢比克斯塔夫把模范岛开到这里，希望他们每年都能来此游玩，并因塔希提岛没法回访模范岛而表示遗憾。最后，他告诉比克斯塔夫，他们将幸运地看到法兰西舰队。它们本周末就要到达这里。

离开总督府后，比克斯塔夫和他的队伍又到皇宫去参见女王。

这是一幢两层的四方建筑，掩映在绿荫丛中。屋顶模仿瑞士山区的小木屋样式，还有两排突出的阳台。房子不算豪华，但很舒适。塔希提岛的女王包玛莱六世住在这里。

包玛莱女王有 40 多岁，她和她的家人们一样，都穿着淡粉色的礼服。这是塔希提居民偏爱的颜色。女王接受比克斯塔夫的敬意，神情和蔼可亲，仪态不失尊贵。这样的礼仪即使让一位欧洲女王来评判，也没有什么可以挑剔的地方。她用优美的语言同比克斯塔夫交谈，同时表现出对模范岛强烈的兴趣，好像十分急于了解在这个太平洋地区家喻户晓的机器岛。

"四重奏"在接见中丝毫没有受到冷落，女王亲自向四位成员表示愿意欣赏他们的演奏。"四重奏"恭敬地向她行礼，说他们遵从陛下的旨意，总长将安排一切来满足她的愿望。晚上，当巴黎艺术家回到文娱宫里他们的起居室时，弗拉斯戈莱说："看来，我们要举办一场演奏会了。我们给这位陛下演奏些什么？她听得懂莫扎特或贝多芬的作品吗？"

"要不，给她演奏奥芬巴赫、瓦尔内的作品！"邵恩回答说。

"不！我们还是给她演奏旁布拉舞曲吧。"潘希拉反驳说。他醉心于黑人舞蹈那种扭来摆去的特色中。

鉴于受到法国官方人士和土著人的友好接待，模范岛决定把塔希提岛作为以后遨游时的一个停泊点。所以，模范岛完全敞开了它的大门，确切地说是开放了它的港口，以表示感谢。于是，塔希提军政各界人士蜂拥而至。他们到田野中转一转，进公园里逛一逛，在街道上看一看。毫无疑问，绝没有任何意外来破坏这种友好的关系。当然，在他们离去的时候，模范岛的警察必须确保岛上的人口没有在不知不觉中增加。因为，也许会有那么几个塔希提岛人，未经许可便在这块活动区域住了下来。

为了这次停泊，某些财大气粗的人家产生了在塔希提附近租一幢别墅的念头，并且已经打电报预订了房子。他们打算像巴黎人住到巴黎郊外一样，带上他们的佣人和车马去住上一阵子，过一过大庄园主的生活：游游山、玩玩水，有兴趣的话，甚至可以打打猎。总而言之，他们将享受一番度假生活，完全无须担心气候。那里的气温从4月到12月都在14度到30度，其余的几个月则算是南半球的冬天了。

在这些人中，应当提一提托克登和考弗兰两家。托克登夫妇和他们的子女第二天就搬进大陶地角高山上一座风景优美的庄园里。考弗兰夫妇和蒂小姐以及她的妹妹们也迁居到维纳斯地角的一所绿荫掩映下的优雅别墅中。两家的别墅相距有好几英里远。

弗拉斯戈莱对门波尔说，既然两家都离开模范岛，塔希提岛的总督拜会岛主席时，他们就不能到场了。

"啊！那才好呢！"门波尔回答说，露出一种外交家精明的神态。"那样可以避免由于争面子引起的冲突。要是法兰西代表先到考弗兰家去拜访，托克登会怎么说？反过来要是先拜访托克登，考弗兰又会说些什么？他们离开这里是比克斯塔夫求之不得的事。"

"这么说，这两家争权夺势难道就永远没个尽头？"弗拉斯戈莱问道。

"谁知道？"门波尔说，"说不定只能寄希望于可爱的华脱和美丽的蒂小姐了。"

"可是到现在为止，还看不出两位继承人有那么回事。"伊凡尔内发表他的意见。

"那好办！好办！"总长满有把握地说，"只要让他们有一个机会就行。如果命运不创造这样的机会，就由我们来代替命运完成这个任务。这全都是为了我们可爱的模范岛啊!"

门波尔一面说,一面用脚在地上转了一个圈。这个动作要是让多雷米看见,一定会拍手称赞的。

第二天,也就是 10 月 21 日,四位巴黎人一早便来到了巴比丹,他们没有邀请任何人相伴。他们像空气一样自由自在,像放了假的小学生一样无拘无束,很高兴能够双脚踩上一片有着岩石和腐殖土的实实在在的大地。

毋庸置疑,群岛首府是一座美丽非凡的城市。所有的建筑都有浓荫覆盖,街道宽阔,十字相交,整齐有序。路旁繁花似锦、绿草如茵。我们的艺术家们走在如此优美的地方,又怎能不快活呢?

说到这里房屋的特色,游客能够轻而易举地区分欧洲人的房子与当地人的房子。前者几乎全部是用木料建造,底座由砖石砌成,住在里面自然特别舒服。后者的房子在城里不多见,它们疏疏落落散布在郁郁葱葱的绿荫底下,别有一种风味:房屋是用竹伞搭成的,里面铺着席子,十分干净整洁,并且空气流通。

塔希提岛人十之八九是马来西亚人,而且是其中的毛利人。这些毛利人长得很漂亮。男的身材都十分高大魁梧,古铜色的肌肤像浸透了热血,匀称的体形完美无缺,好像古代雕刻人像,眼睛又大又亮,相貌和蔼可亲。至于女性,则像蒲盖维勒描写的那首诗一般美丽动人。她们在垂到肩头的黑发上束一个用栀子花白花瓣做的花冠,有的戴着用椰子树嫩芽皮做成的轻巧帽子。她们的衣服像万花筒,一动就变颜色。加上优美的举止,懒洋洋的神态,温柔的微笑,深邃的目光以及柔和清脆的声音,难怪当"四重奏"之一说"真是的!好漂亮的小伙子!"的时候,另一个马上应和道:"多美丽的姑娘!"

　　造物主在创造美妙的人种时，怎么能不考虑应当给他们一块配得上他们居住的土地呢？谁还能想象到比塔希提岛更美的景色？这里的草木，在溪流和雨露的灌溉滋润下，长得异常繁茂旺盛。艺术家在这样奇妙的大自然中徜徉着，流连忘返，简直是乐不思蜀了。

　　11月7日，他们去参观维纳斯地角。一个真正的旅行者绝不会不到那里游逛的。考弗兰家就住在那片苍翠的山坡上。您猜我们的四位艺术家在这一带碰见谁了？没错，就是华脱·托克登。这位年轻人骑着马，就在考弗兰家的别墅附近散步。

　　这一天的下午和晚上，"四重奏"跟考弗兰一家人在别墅度过。这是一次愉快的聚会。他们照常发挥自己的才华，演奏了优美的乐曲。而考弗兰太太则弹了几首新曲，蒂小姐唱了几支歌，唱得跟一位真正的艺术家一样。不知道为什么，也许是故意，潘希拉顺口说起看见华脱·托克登在别墅附近散步的事情。蒂小姐嘴边立刻泛起一丝几乎觉察不出的微笑，美丽的眼睛里射出两道亮光，而当她重新唱起歌时，她的声音也变得更加动人。

　　模范岛在塔希提岛停留的日期只有一个星期了。这段时间，几乎没有值得一提的事。谁知在11月11日那天，发生了一件令人兴奋的事：法兰西太平洋舰队抵达巴比丹港。

　　这下热闹了。先是海军少将和总督热切地互拜，接着是和模范岛主席互拜以及欢宴。就在这时，一向花样百出的加里斯特斯·门波尔想出一个天才的主意，在11月15日为女王包玛莱六世、塔希提岛的欧洲人和本地人，以及法兰西舰队举行一次盛大的联欢。这次联欢的内容包括市政大厦的一次隆重宴会和一个舞会，"四重奏"则建议在这次盛会中插进一个演奏会，岛主席立即赞同并批准了这个建议。

伟大的日子终于来到。包玛莱女王和她的宫廷人士以及舰队高级军官身着盛装，在礼炮声中被迎上了模范岛。这些高贵人物先在公园游览了一圈，下午6点，来到市政大厦。在那里，他们享受了一次难忘的宴会。它证明了亿兆城在烹调方面，绝不输给古老的欧洲。9点钟时，来宾们到文娱宫音乐厅听演奏会。对于四位巴黎演奏家来说，这次演奏会是一次新的成功！

同时，许多欧洲人、本地人和法国水兵参加了公园里的娱乐活动。在草地上举行了田野舞会，人们随着手风琴的乐声尽情欢舞。

市政大厦的大厅里也举行着由多雷米主持的更盛大的高贵的舞会，几乎所有的上流人物聚集在那里。华脱·托克登凑巧在一次四组舞里做了考弗兰小姐的舞伴。这事引起了人们的惊奇！那么，这件巧事是总长用什么巧妙的手段促成的呢？不管怎么说，这是当天的一件大事，也许会产生重大结果：使两大家族言归于好。

人们在大草坪上放了烟火。结束后，公园里和市政大厦的舞会继续下去，一直到天明。

两天以后，停泊期满，西姆考耶舰长黎明时发出起航命令。塔希提群岛和海军舰队鸣炮欢送机器岛，后者也以炮声答谢。

这时候，谁要是注意一下萨洛尔船长，一定会吃惊地看到他两眼中隐隐的火焰和脸上凶狠的神色。他用一只带有威胁意味的手，向马来西亚人指着通向西面1200英里以外的新赫布里底航线。

第八章

隐秘的感情

自从两个年轻人明确相爱以来，虽然有时也相互交换一道目光，却从来不敢说话。

模范岛的天空似乎晴朗了，这由华脱·托克登和蒂·考弗兰小姐的感情所促成。毫无疑问，对于蒂·考弗兰小姐的美貌，华脱·托克登早在一年前已一见倾心，只是由于处境，他没有吐露真情。然而蒂小姐猜到这点，了解他的心事，并为他的谨慎所感动。她对自己的心也了解得很清楚，难道这不是跟华脱心心相印吗？不过这一切她也从没表示过，始终保持矜持态度——她的自尊心和两家的隔阂使得她只能这样做。

稍微细心一些的人会注意到：在第十五号街和第十九号街的公馆里不时有些议论，对这种议论，有两个人——华脱和蒂小姐，从来不参加。当詹姆·托克登愤怒地抨击考弗兰家的时候，他的儿子总是低着头，然后一声不响地走开；而当南特·考弗兰对托克登家大肆恶语攻击时，他的女儿也垂下眼睛，脸色顿时变得苍白，即使深知一定白费心思，还是竭力转换话题。如果他俩的心事没被发现，那是因为做父亲的眼睛生来被蒙着一条带子。但考弗兰太太和托克登太太可没瞎到这般程度，孩子的一切都瞒不过母亲的眼睛。孩子的心情使她们发愁，她们十分清楚，在两家的自尊常常因权势而受到伤害的情况下，别说结亲，就连和解都毫无可能。

其实，已经不止一次了，小伙子被要求从左舷区挑选一位待嫁的姑娘。姑娘们中不乏可爱而有教养的女子，财产状况也相配，但华脱·托克登却总是拒绝，借口是他还没有任何结婚的想法。这一度让他的父亲不太满意，以他的姓氏、财产，就是想讨一位皇家公主也不在话下！

在考弗兰家里，也是同样的情况。考弗兰常常在公馆里举行一些时尚的招待会，吸引一些年轻人来参加。如果女儿对这些年轻人一个也看不上，那么他就要把她带到国外去，他将访问法国、意大利、英国……为女儿寻一门好亲事。然而，蒂·考弗兰却表明说她只喜欢待在亿兆城，哪里也不想去。

事情就是这样。自从两个年轻人明确相爱以来，虽然有时也相互交换一道目光，却从来不敢说话。他们通常只在公开场合才会面，诸如沙龙，或是比克斯塔夫的招待会，或是亿兆城的显贵们为了维护自己的地位而不得不参加的一些典礼上。在这种场合，华脱·托克登和蒂·考弗兰小姐自然万分谨慎——处在他们的地位，稍一疏忽，就会引起不愉快的后果……

这种情况下，在主席的那次盛大舞会上，他们在一起跳了舞。这事产生的影响，大家不难想象！第二天，全城议论开了。这事怎么发生的？非常简单：总长邀请考弗兰小姐跳舞，当四组舞开始时，他不见了，站在他位子上的变成了华脱·托克登，于是年轻女郎只好接受他作为自己的舞伴。哦，可恶的门波尔！多么精心的安排！

在上流社会中，人们对这段插曲议论纷纷。目光敏锐的人已从这事中看到双方和好的预兆，也许还不止是和好，甚至可能是一件亲事，一件消除私人集团之间不和的亲事。但我们却不能由此就得出结论，两家关系已不再紧张。只有一点是可以肯定的，那就是詹姆·托克登和他的朋友们已不再提起要把模范岛变成工商业性质了。还有一件有趣的事值得一提：那令人难忘的夜晚后，华脱散步时遇见考弗兰太太和蒂小姐，总是毕恭毕敬地向她们行礼。当然，那位年轻小姐和她的母亲也向他还礼。

门波尔认为，这是向前跨了一大步，向未来跨了一大步！

11 月 29 日上午，瞭望员看到位于南纬 20 度、西经 160 度的科克群岛的山峰。这群岛又叫芒其亚岛。直到 1770 年科克来到这里，才把它改称为科克群岛。它是澳大利亚英国殖民政府的保护地。模范岛首先遇见的岛屿是芒其亚岛，它是群岛首府，也是最重要、人口最多的岛屿。按照航行计划，模范岛要在这里停泊 15 天。

在这个岛上，潘希拉会遇到真正的野人吗？即《鲁滨孙漂流记》中所描写到的野人。潘希拉在马克萨斯群岛、社会群岛和奴卡希伐岛上就想找到这些野人，但没能如愿。这位巴黎人的好奇心能得到满足吗？他是否能实实在在地看到吃人肉的野人呢？要是这儿都找不到吃人的部落，其他地方也就没有了。

当模范岛到达芒其亚岛时，一只独木船从港口开出，来到右舷港码头。船上坐着一位英国特派传教士。他只是一名普通的基督教牧师，却专横地统治着群岛，他的实际权力比芒其亚首脑还要大：他占有了这里最好的土地，居住着岛上最舒服的房子。他手下有一队警察，即使芒其亚的君王和王后也得对这些警察低头。这些警察不许人们爬树；不许人们在星期天和节日里打猎、捕鱼；不许人们晚上 9 点之后出门散步。传教士还随意设立税项，不交税就不许购买消费品，谁要是违反了就处以罚款。由于他的肆无忌惮，绝大部分钱币都落入了他的口袋之中。

这位又矮又胖的家伙上了模范岛以后，港口的长官迎上去，互相寒暄一番。

"我以芒其亚的君王和王后的名义，问候模范岛总督阁下。阁下肯定会受到热情的接待。"传教士说着，他那狡诈的面孔挂满了诡秘和贪婪。

"奉命接受您的问候，我们的总督将亲自去向国王和王后致敬。"港口的长官答道。

接着，牧师用虚情假意的口气说道：

"如果岛上不存在健康问题，他们就可以登上海岸，芒其亚的居民会尽力款待诸位，只是……"

"只是什么？"

"只是国王和部落首领会议一致决定，凡是到芒其亚或群岛其他岛屿来的外地人，都要纳一笔进岛税。"

"纳税？"

"是的，两个银元。您看，小意思，每一个到岛上去的人都要缴两个银元。"

不用说，肯定是教士先提出这个建议，然后国王、王后和首领会议才予以采纳的。当然，这笔税款的很大一部分肯定归传教士所有。

港口长官在东太平洋各群岛没遇到过这样的事情，他报告了舰长，舰长又打电话给岛主席。比克斯塔夫和他的两位助理商量以后，决定不缴付这笔苛刻的税款。模范岛不在芒其亚群岛停泊，让这位贪婪的牧师与他的商议见鬼去吧！他们将去邻近的海域，访问那些并不太贪婪、要求不太高的土著民族。当然，这也使得我们的潘希拉从而失去了与可敬的吃人肉的野人握手言欢的机会。

傍晚，岛主席召开了一个会，在会上提出修改旅行路线的建议。模范岛现在经过的这一带海洋是在英国的势力范围之内，事情实在有点儿使人扫兴。不如到新喀里多尼亚和罗亚尔特群岛去，那里是法国属地，模范岛将受到纯粹法兰西式的彬彬有礼的接待。不过，这样的话，就不可能经过新赫布里底了，而那只双桅船的船长和脱险者，是预备回到那里去的……

讨论新航线时，马来人表现出极度不安。萨洛尔船长几乎无法控制心中的失望，甚至是愤怒。

但这些马来人很幸运，因为改变旅程的计划没有被通过。亿兆城的财主们已经不愿意变动他们习惯了的一切。目前变动的只不过是赴汤加群岛以前，先向西北到萨摩亚群岛去，度过原来打算在科克群岛停泊的 15 天。

这个消息传出时，马来人简直无法掩饰内心的高兴。原来马来人到夏威夷群岛去不是偶然。几个月前，萨洛尔船长和他的伙伴们，跟埃罗芝果岛——新赫布里底群岛的岛屿之一——嗜杀成性的居民共同策划了一个阴谋：他们知道机器岛有无法估计的财富，但又不能靠自己这几个人去抢劫，便预谋利用模范岛居民的人道主义，不动声色地把它引到埃罗芝果岛。他们计划等模范岛停泊下来，上千的土人就突然袭击它，使它在岩壁上撞得粉碎，然后进行抢劫和屠杀。于是，模范岛离开火奴鲁鲁以后，萨洛尔船长就尾随它，在附近偷偷摸摸地航行，然后设法使自己和船员作为遇险人让岛上的居民收留。当然，撞船事情也完全是捏造的，马来人自己把船凿沉。不过，他们预先算计好了，使船能漂浮到模范岛上的人来救他们为止，也算计好船员被救以后，双桅船刚好沉没。这样，撞船的事就不会有人怀疑，一切似乎天衣无缝。然后，他们借口回去把模范岛引向新赫布里底。

亿兆城居民收留了萨洛尔船长和他的同谋者，可万万没想到，却由此把模范岛引向了一场灭顶之灾。

12 月 14 日，模范岛接近萨摩亚群岛中的土土伊拉岛。离土土伊拉岛还有几英里，居民们便已闻到了气味，因为空气中弥漫着一股醉人的幽香。这是一种当地叫"摩苏依"的树木散发出的芳香。旭日初升时，模范岛在离土土伊拉岛北部 6 锚链的一带沿岸行驶。这个岛像一只绿色的篮子，说得更恰当些，是一直伸展到山顶的层叠树林。海上有几百只雅致的独木船，船上坐着半裸身子的强壮的土人。他们一面唱着萨摩亚歌谣，一面按照歌曲的四分之二的节奏划桨，纷纷跟在模范岛后面。

模范岛停在彭果港。土土伊拉岛的首府是莱翁内，位于岛中央。而群岛的首府在乌士卢，那里除了君主，还驻有英国、美国和德国的专员。

我们的旅行家想做一次远足，做一次巡礼。他们在第二天出发，从这边岛岸到那边岛岸，穿过了整个岛屿。多么可爱的密林！那里丛生着蔓藤、椰子树和野芭蕉树等许多土生树木。田野伸展着一片芋田、甘蔗田、咖啡田、棉花田以及肉桂树，到处都是橘子、番瓜、月桂和爬藤植物、兰科植物。这片气候滋润的肥沃土地，生长着丰富得惊人的植物；但萨摩亚的动物却只有几种鸟和几种危害不大的爬虫，哺乳动物也不过只有一种小鼠。

四天后，模范岛拜访了乌士卢。乌士卢的风光和土土伊拉一样，尽是层层叠叠的山冈。最高的是米西翁的高峰，它绵延在岛上成为岛的脊梁。一片浓密的树木覆盖着已经熄灭的火山，一直遮蔽到火山口。山麓平原和田地一直延伸到岛岸冲积地带，那里茂密地生长着各种热带奇花异草。

虽然英、美、德三国势力在萨摩亚群岛占统治地位，但是法国也有它的代表，那就是天主教传教士。传教士很受人尊敬，加上他们的忠诚和热忱，使得法兰西在萨摩亚居民中获得了好名声。我们的艺术家在瞧见米西翁山上小小的天主教堂时，感到衷心的喜悦，甚至深深的激动。他们朝那里走去，几分钟后，便在法国人的房屋里受到了热情接待。

修道院院长已经上了年纪，并在萨摩亚住了很长时间。能有机会招待自己的同胞——尤其是祖国的艺术家，他感到由衷的高兴！院长详细地给大家讲述了萨摩亚人的各种风俗。之后，"四重奏"又邀请传教士游览亿兆城。在文娱宫大厅里，他们给院长和他的同事们演奏了几首拿手杰作。这位老先生被音乐感动得流下眼泪。原来他也非常爱好古典音乐，但十分遗憾，在乌士卢的盛大节日中，却从来没有机会欣赏。

临别时双方都很激动，这是属于萍水相逢、仅仅相处几天的人之间的那种告别。老年人拥抱了他们，为他们祝福，然后他们怀着非常激动的心情辞别了。

模范岛意外与一艘英籍轮船相撞，迫于对方的威胁，模范岛担负了全部责任。

12 月21日以来，太阳又开始北移。它把这些海域遗弃给寒冷的冬天，而把夏天带回了北半球。

模范岛距南回归线有十来度了，它要一直向南航行到汤加·塔布群岛，抵达航海计划中的最南端后，再取道北上，这样就能够维持最适宜的气候条件。的确，在太阳来到头顶上空的时候，岛上不可避免地要经受一段酷暑天气。但是海上有风，而且散发热量的太阳渐渐远去，所以炎热会逐步消退。

萨摩亚群岛与汤加·塔布群岛的重要岛屿之间有8度之差，距离约为900公里。机器岛无需加速，它悠然前行。这里的海总是那么美丽，如空气般宁静，几乎没有骤雨来打扰它。模范岛只需在1月初到达汤加·塔布群岛就可以了，在那里停留一个月以后再去斐济群岛，然后北上去新赫布里底群岛。放下马来人

模范岛继续着它的旅程，但隐藏着的危机会一一消除吗？

后朝东北方向航行，再回到马格达利那湾，结束模范
岛的第二次航行。

在这一年的最后一周中，人们开始欢乐地准备过
圣诞节。各种宴会、晚会以及官方招待会的请帖纷至
沓来。岛主席举办了一场盛宴招待亿兆城的那些显贵，
左舷区和右舷区的名人们都应邀出席。托克登和考弗
兰两家还坐在一张桌上，这证明城里两区间有了某种
程度的和解。元旦这一天，两个公馆还计划交换贺年
片。华脱·托克登甚至收到了考弗兰太太举办的演奏
会的邀请卡。从女主人对他表示的欢迎来看，这的确
是个好兆头。加里斯特斯·门波尔不断对任何一个愿
意听他说话的人，重复说：

"已经行了，朋友们，已经行了！"

在这期间，机器岛仍旧平静地向汤加·塔布群岛方
向航行。谁知，意想不到的变化却在 12 月 30 日的夜里
发生了。

在凌晨大约两点多钟的时候，遥远的地方传来隆隆
雷声。这种现象显然极为正常，故而没引起观察员的担
心。人们总不至于假想到这可能是海战吧！除非是在南
美洲那些共和国战舰之间展开的拼斗。总之，模范岛作
为独立的岛屿，与世界的两个列强一直和睦相处。住在
这岛上，还有什么可担心的呢？

然而，从太平洋西海域传出的隆隆雷声一直响到天
明。它显然不同于远方炮台上那实在而规律的炮声。

新的一年即将
开始，欢乐的
气氛似乎也预
示着模范岛美
好的未来。

这个"美国佬"
其实是个热心
肠。

西姆考耶舰长接到军官的报告后，来到天文台塔楼，观察着远处的地平线。眼前的海面看不见任何光线。然而，天空与往常不一样。红红的火焰映红着天空，延至头顶。虽说天气不错，但是大气中好似蒙上一层浓雾。气压表没有突然下降，这也就表明空中气流没有任何异变。

然而黎明时分，早起的人却都感到无可名状的惊讶。不仅隆隆的响声没有停止，空中还泛起一种黑红色的雾，又好像扬起的尘埃，开始像雨一样往下落。这是一场煤烟粒子组成的倾盆大雨。不多一会儿，街道和屋顶都蒙上了一层红色的物质，这种降落物集洋红、茜草红和紫红为一体，其中还夹杂着一种黑色的烧石。

所有居民都来到户外，大家都试图搞清楚这是什么现象。

的确，到底是什么导致了这种现象呢？其实，人们见到过许多由硅石、蛋白石、氧化铬和氧化铁组成的红色尘埃雨。在本世纪初，卡拉布阿布、鲁齐那两个地方就曾经下过这种雨。当地迷信的居民说看见里面有血滴，实际上，不过是氧化钴而已。远处有火灾时，也会飘来这种粉粒。

居住在岛上的一位没落国王认为，这些东西应该来自西部群岛的某座火山，他的想法得到天文台的人们的支持。他们抓起几把火山岩粒，觉得它们虽然穿越了大气，但还没有完全冷却，温度还是比周围的空气高，那

天气骤变，而这又隐藏着什么样不可预料的危机呢？

看来，模范岛附近海域遭遇了猛烈的火山喷发，不知会对模范岛造成什么影响。

种没有规律的鸣响声还是可以听得见，这无疑是猛烈的火山喷发的结果。再说，这一片海域的岛屿上火山遍布，有这种想法也是很正常的。

难道模范岛正在受到火山的威胁吗？舰长先生十分担心，因为这样一来，航行就会变得十分困难。于是，他下令降低速度，模范岛只得以最慢的速度移动。

某种恐惧正笼罩着亿兆城的居民。

恶劣环境令全体居民深感不安。

大约在中午时分，天色变得更加昏暗。居民们纷纷走出房子。如果岛的金属外壳被火山喷发的力量掀起，那他们的住房肯定也得垮掉。要是海水翻越了海岸的钢筋栏杆，汹涌地冲向田野的话，那这种灾祸就更令人担心了！

岛主席与舰长西姆考耶来到炮台，身后还跟着部分居民。军官们被派到两个港口去驻守，时刻保持警惕；机械师们被吩咐做好准备，如果有必要的话，立即让机器岛掉头朝相反方向逃去。不幸的是，随着天色逐渐变黑，航行也越来越艰难了。

大约下午 3 点钟时，能见度不到十步开外。见不着一丝光线，火山灰吞蚀了全部阳光。尤其令人生畏的是，模范岛在粉尘的重荷下渐渐下沉，无法保证吃水线露在水面之上了。

这不是一艘船，不能把货物扔进海里来减轻负重！没有办法，只能寄希望于这架机器的坚固性并且耐心等待了。

已经是晚上，准确地说是深夜了。如果不是靠看时钟，根本无法估计当时的时间。四周一片漆黑。粉尘雨不歇，既然不可能点燃空中的电月亮，便将它卸下来。至于说室内与街道的灯光，已经亮了整整一天。如果这种现象还要持续下去，这种长明灯会不会一直亮着？

深夜，这种状况仍未得到好转。只是隆隆之声的频率似乎在降低，也不似那么猛烈了。火山喷发的程度趋于平缓，火山灰雨在强劲的海风下，向南移去，逐渐平缓下来。

亿兆城的人们稍感心安，决定返回家里，希望明日的模范岛能恢复正常。大不了明天给模范岛来个长时间的大扫除，以便彻底解决问题。

紧张的气氛终于稍有缓解。

唉，怎么会这样？"太平洋明珠"上的元旦竟是这般凄凉！亿兆城差点儿遭到与庞贝古城一样的命运！

新年的第一天如此令人不安，难道这预示着模范岛的未来命运会不幸吗？

岛主席与他的助手，以及名流议事会的成员们一直留在市政厅。塔楼的观察员注视着地平线与头顶上的变化。为了保持向西南方向航行，模范岛仍旧在不停地行驶，但是航速则减到每小时仅有 2～3 英里。当第二天来临之际，至少说是当黑暗消失的时候，它将再次调整航向，对准驶往汤加群岛的方向。毫无疑问，到那儿时，就能搞清这座火山爆发的具体位置了。

总之，随着黑夜的深入，这种现象明显地趋于缓和。

然而，在将近 3 点钟时，又发生了一件新的事故，再次在亿兆城的居民中引起了恐慌。

一波未平，一波又起！

　　模范岛被撞了一下，岛身的每一部分都似乎在震动。还好，震动的力量不算大，没有破坏房屋，也没有损坏机器，推进器也没有停止运转，可是岛的前部一定受到了碰撞，这是肯定的。

　　出了什么事呢？模范岛撞上了一个浅滩了吗？不是，因为它还在继续前进呢！是触礁了吗？或者是在黑暗中，有船只开来，因为没有看见岛上的灯而撞上了吗？

　　岛主席和舰长踩着厚厚的火山岩粒和灰尘的沉积物，艰难地来到了炮台。

撞击看似未对模范岛造成实质损害，但谁知道是否真的平安无事呢？

　　在这里，他们得到汇报说，的确是撞船了。一艘自西向东航行的大吨位轮船撞到了模范岛的岛尖。这种撞击对于机器岛来说没什么大碍，可是对于那艘大轮船，就不是这么简单了。人们在出事时才隐约看见它，同时听到船上传来了呼喊声，可是一会儿工夫就什么也听不到了。当守卫长和手下跑到炮台上时，已经什么也看不见，什么也听不见了……轮船当场就沉没了吗？不幸得很，这个假定非常可能。

　　至于这艘船的国籍，瞭望员说他曾听见一个粗犷的声音发布命令——这种粗犷声是英国船长特有的。不过这一点不能正式肯定。至于模范岛，这次碰撞并没给它带来任何严重的损失，因为它的体积太过庞大。哪怕任何一艘船擦一下身，不管那艘船有多么强大，即使是一级巡洋舰，也可能蒙受灭顶之灾。

发生的事情很严重，后果也不会轻。联合王国会怎么说？一艘英国轮船，就是英国领土的一部分。大家知道，英国是不会任人侵犯而不加报复的。它会向模范岛提什么要求？会要求模范岛负什么责任呢？

新的一年就这样开始了！这天，直至上午 10 点，西姆考耶舰长都无法进行大范围的营救搜索行动。尽管清新的海风已经刮走了很多灰烬，但是天空中仍然是尘雾弥漫。

新的一年竟然没有带来一丝新气象，实在是令人沮丧。

终于，阳光穿透了地平线的浓雾。

看看，亿兆城的公园、田野、工厂、港口都成什么样子了！清扫起来该有多么难呀！幸好，这是街道管理部门的事。不过是花点儿时间和金钱罢了，而这两样东西，这里都不缺。

大家紧急动员起来。工程师们首先来到前炮台，察看出事地点。模范岛的损失微乎其微，坚固的钢壁碰到船上，就如石受卵击，毫发无损。

比喻，形容模范岛坚固异常。

辽阔的海面上，见不到轮船的残骸，也看不到其他漂流物。虽然撞船之后模范岛仅仅移动了两英里，但是在天文台的塔顶上，用最大倍数的望远镜也没有发现任何东西。

可是，从道义上来讲，最好还是继续找寻。

岛主席与西姆考耶舰长商议之后，决定让机械师们停下机器，命令两个港口的电气艇立即赶赴海上进行搜救。

搜救工作扩大到5～6英里的范围内,然而什么收获也没有。可以肯定地说,那艘轮船由于船体破裂而沉没了,所以没留下任何痕迹。

这时,西姆考耶舰长下令按正常速度航行。中午时分,观察表明,<u>模范岛距萨摩亚群岛西南部还有150英里。</u>

在这期间,瞭望员们一刻也没有停止观察海上的情况。

下午5点,人们注意到东南方向出现数团重重的浓烟。这就是扰乱这一片海域的火山喷出的最后一阵烟雾吗?不可能,因为从地图上看,这附近没有岛屿,甚至小岛也没有。难道是新的火山口从海底涌出来吗?

不对,显然这团雾渐渐地向模范岛逼近。

一小时后,出现了三艘船。它们开足了马力,列队航行。半小时后,可以依稀辨认出这是几艘战船。又过了一个小时,人们已经可以完全肯定船队的国别了,这是三艘英国军舰。

夜幕降临的时候,这些船距离炮台不到4英里了。难道它们要从模范岛的身边经过继续航行吗?不可能,船上早已亮起了灯,可以看到它们已经停了下来。

"这些战舰大概想和我们取得联系。"舰长对岛主席说。

"等等吧。"比克斯塔夫说道。

可是,舰队司令如果要对撞船事件提出抗议的话,岛主席应当怎样回答呢?其实,这可能正是他们的目

距离海盗们的目标也越来越近了!

仇家上门了!

英国人会提出什么要求呢?

的。第二天一早，当太阳升起的时候，第一艘军舰的后
桅杆上升起来一面海军上将的旗帜。接着军舰徐徐开到
距离左舷港两英里的地方，然后，一只小艇向港口
驶来。

一刻钟后，西姆考耶舰长接到了这样一份照会：

"海军大将爱德华·考林森爵士麾下参谋
长兼先驱号舰长特奈尔要求立刻会见模范岛
主席。"

岛主席立刻在一间会客室接见了特奈尔。双方按照
常例，互相致意，彼此十分冷淡。然后，特奈尔舰长像
念一段流行文学作品似的，一字一字地说出了下面这番
长得没完没了的话：

"我荣幸地通知模范岛岛主席阁下：在 12 月 31 日到
1 月 1 日夜里，排水量 3500 吨、装着价值很大的货物，
包括燕麦、蓝靛、大米和葡萄酒的格仑号轮船，从格拉
斯哥港出发后，在东经 177 度 13 分、南纬 16 度 54 分，
受到属于设在美利坚合众国下加格尼亚马格达利那湾的
模范岛有限公司的模范岛的撞击。被撞以前，该船前桅
点有白灯，右舷点有绿灯，左舷点有红灯，完全合乎航
海法规定。撞后第二天，它出现在距出事地点 35 英里的
地方。当时由于右舷尾端漏水将沉，后来，当船长和船
员幸运地被救上由海军大将爱德华·考林森爵士指挥的
英王陛下的头等巡洋舰先驱号的甲板后，格仑号轮船就
沉没了。现在，爱德华·考林森爵士把事实经过通知岛

类比的写法。
表明了英国舰
长正式且强硬
的态度。

主席西吕斯·比克斯塔夫阁下，要求他以模范岛全体居民的名义向格仑号船主保证，模范岛公司将负责赔偿全部损失，共计 120 万英镑，合 600 万美金。此项赔款应交付海军大将爱德华·考林森爵士，否则，他将向模范岛诉诸武力。"

这长篇大论，仅稍有几次停顿，便一口气说出！一气呵成，毫无遗漏！同意与否，岛执政官是否会接受海军上将爱德华·考林森爵士的要求呢？他的要求是：一、公司承担全部责任；二、承担因格仑号轮船沉船事故造成的 120 万英镑的损失。这能同意吗？

按照惯例，比克斯塔夫对撞船事故作了如下解释：

"事故发生时，西部海域曾有火山爆发，当时天色非常昏暗。如果说格仑号点着灯的话，那么模范岛的灯也是亮着的，所以双方都不能看见对方。按航海法规定，这种情况下，双方损失应由自己担负，不应该谈到赔偿问题和责任问题。

"当然，如果法庭经过核证，判定模范岛对于这次事故的发生及引起的严重损失应当负责的话，模范岛一定偿付一切应付的损失费。"

舰长的回应是：

"如果这是关于正常航行的两艘船的话，总督阁下说的或许没错，但是格仑号是一艘船，而模范岛却不是。它不能被当成船只。它的巨大身体在航线上移动，本身就构成一种持久的危险，它等同于一座移动的岛屿

说明英国人准备充分，有备而来。

岛主席的解释的确合情合理。

或是礁石。它在地图上的位置不固定，英国一贯反对这个不能用勘测方法来定位的障碍物。所以，模范岛公司应该对由于自身的特点造成的事故负责。"

很明显，英国舰长的话不无道理，比克斯塔夫也承认这一点。然而，他一个人做不了主，他只能把英国舰队的要求向"模范岛有限公司"报告。幸运的一点是，这起事故中没有人员伤亡。

"是非常幸运，"特奈尔舰长回答，"可是船沉没了，而且是因为模范岛的过失，价值几百万的财产也沉入了海底。总督同意将赔偿的款项交给爱德华·考林森爵士吗？"

岛主席怎么会同意呢？不管怎样，模范岛公司做出了足够的保证。如果法庭经过调查，判决模范岛公司应该对损失负责的话，他们才会赔偿。

于是双方的谈判不欢而散。当名人委员会得知比克斯塔夫所作的答复后，都一致表示赞同。全体岛民也表示支持，他们可不能屈服于英国的代表们提出的蛮横无理的条件。

事情就这么决定了。西姆考耶舰长下令机器岛全速前进。

可是，爱德华·考林森上将要是不肯罢休，模范岛能摆脱他的追逐吗？他们的舰艇速度很快，不是吗？如果他们用麦宁式炮弹来逼迫索赔，模范岛能抵御得了吗？他们的每一发炮弹都能击中目标，而模范岛的炮台

英国人的理由看起来也很充分，那么模范岛将如何度过这次危机？尤其是对方拥有强大火力。

道理是这样的，但武力充足的对方会和你讲道理吗？

所发的炮弹至少有一半会落空，因为它们的射击目标太
小了，而且还是运动的！

　　眼下只好等待着，看海军上将爱德华·考林森的下
一步棋怎么走。

　　没等多长时间，在9点45分时，先驱号的桅杆顶上
升起联合王国的国旗。就在同时，中央炮楼上放出了一
发空炮。

性命攸关的问
题上，两个对
手倒是达成了
一致。

　　在岛主席和助理的主持下，名人委员会立即在市
政大厦的会议室里商议对策。这一次，詹姆·托克登
和南特·考弗兰的意见是一致的。这两个讲实际的美
国人一点儿也没有抵抗的意思，他们知道，要是抵抗，
一定会使模范岛遭殃，无论财产还是人员的损伤都是
不可避免的。

　　不多时，第二发炮弹响起。这次，那发炮弹呼啸而
来，落在半锚远的海中，猛烈地炸开了，并掀起巨大的
浪柱。

终于向武力妥
协了。

　　西姆考耶舰长接到了岛主席的命令，把刚才为了对
抗先驱号升起的那面旗子降了下来。于是，特奈尔舰长
又来到模范岛，他在那儿收到一沓由比克斯塔夫签字而
由名人们支付的价值120万英镑的期票。

　　三小时后，舰队最后几缕烟雾终于在东面消失。模
范岛继续向汤加群岛开去。

正当邵恩在全神贯注地演奏时，一个土人将他的大提琴抢走了。于是，上演了一出闹剧。

1 月9日上午，汤加·塔布群岛渐入视野，模范岛距离它不过三四英里。它的地势很低，是由珊瑚虫一点一点堆砌起来的珊瑚岛，不像其他因受地质作用而从海底上升至海面的岛屿。这是多么艰辛的工程啊！岛屿周界约百余公里，面积有七八百平方公里，岛上生活着两万居民。

西姆考耶舰长把模范岛停在英菲加港口前。由于这个群岛在英国势力范围内，岛上居民屈服于国王乔治一世的统治，所以对于原籍美国的亿兆城居民自然不会热情欢迎。

然而"四重奏"却在英菲加遇见了一小块法国区，那里住着法国驻大洋洲的主教，当时他正在各个岛屿上传教。而且，那里还有天主教会的教堂、修女的住所和男女混读学校。不用说，四位巴黎人在这里受到了同胞的殷勤招待。修道院院长给他们提供了住宿，令他们忘却了"客居他乡"之苦。至于他们要游览的地方，只有两处：国王乔治的首府努库阿洛法和缪亚村——这个村的400个居民都是天主教徒。

尽管模范岛在港口靠岸，但想去塔布岛上游览的人却寥寥无几。因为天气实在太热了，只有到了晚上，海风习习，海滩上才会凉爽下来。

尽管如此，伊凡尔内、弗拉斯戈莱和潘希拉还是计划前去游览；大提琴家不去，他无论如何也不会在夜晚到来之前离开他那舒适的房间。

于是第二天拂晓，三个朋友便离开英菲加前往岛的首府。天当然很热，然而树荫下还可以忍受。这里的树有椰子树、各种腊树和古柯树。红色和黑色的古柯树的串状篱笆就像光彩夺目的宝石。

大约中午时分，百花争艳的首府努库阿洛法就呈现在了眼前。用"姹紫嫣红"这个词形容一年中的这个时节再恰当不过。皇宫就像是从一个巨大的灿烂的花束里浮出来一样。当地人的茅屋四周也开满了鲜花，与那些英国味十足的基督教传教士的住所形成鲜明的对照。

巴黎人十分幸运，在广场上远远地瞧见了国王本人。他穿着一件白色短衫，腰里围一块土布小短裙。根据当地习俗，他们要吻这位君王的脚，但"四重奏"不想伏在国王乔治的脚下表示敬意。如果真吻了这位君王的脚，那么这次的旅行一定会留下一个不愉快的印象。

在努库阿洛法，潘希拉还注意到，这里既没有河流，也没有泻湖，蓄水池里积下的雨水就是大自然对当地人的全部恩赐。对这种雨水，乔治一世和他的子民一样，用得非常节省。

结束了对首府的参观后，三位疲惫不堪的旅行者返回了英菲加港。当他们看到文娱宫的住所时，心里特别高兴。

伊凡尔内鼓动邵恩第二天和他们一起去缪亚村，但邵恩还是不愿意去。

路程遥远，步行一定会很累，好在比克斯塔夫乐意调拨给他们一艘快艇。这样一来，他们就轻松多了。深入这个新奇的地方去探险，一定很有价值。

到达缪亚村时已是下午时分，因此只好在村子里过夜了。显然，有一处地方可以接待这几位法国人，那就是传教士们的住地。修道院院长出面欢迎他的客人时，脸上流露出由衷的欢乐。晚上，他们在修道院院长的带领下欣赏了教会的建筑，漂亮的教堂是汤加建筑师设计的，堪称完美。

看完了教会的建筑，他们走到村边散步，一直走到汤加古老的皇家陵园。这里的墓地用板岩和珊瑚石修建而成，朴实无华。他们甚至还参观了具有悠久历史的无花果种植场，那里的无花果的树根像蛇似的缠绕着，一直蔓延出去，有的占地竟达 100 多英尺。弗拉斯戈莱亲自量了一下，把这个数字记在笔记本里。世界上的确有这样奇异的植物，他们再也不怀疑了。

晚上，三位艺术家在教会最好的房间里舒服地睡了一夜。第二天吃过早饭后，他们告别了缪亚村传教士，在市政厅的钟楼敲响五点钟声的时候，回到了模范岛。

就在艺术家兴致勃勃地在岛上参观时，萨洛尔船长求见岛主席，说有一部分马来人——大约一百来人——从新赫布里底招募到汤加·塔布来垦荒的。因为汤加人天性懒惰，不愿意从事垦荒工作。而这几天，垦荒工作已经结束，这些马来人在等待机会返回自己的岛屿。总督能否准许他们搭乘模范岛回去——萨洛尔就是为此事而来。

运送一些马来人不会给市政府造成多大的负担，要是连这么容易办到的事情都拒绝帮忙，那也显得过于小气。所以，岛主席答应下来，这自然使萨洛尔感激不尽。

然而，有谁会想到萨洛尔船长和他们是同谋。他在汤加·塔布遇到这些人并把他们送上了模范岛，一旦时机成熟，这些新赫布里底岛人便会相助于他……

这一天是亿兆城的人们在群岛度过的最后一天。下午，他们将有机会参观岛上一个半宗教半民间的节日庆祝活动，当地人都怀着十分欢乐的心情庆祝节日。和萨摩亚群岛上的人们一样，汤加人也喜欢过节。他们的节目表中包含多种舞蹈，这使我们的巴黎人很感兴趣。他们下午 3 点钟就赶到了岛上。

这次是总长陪着他们一起去的，连多雷米也加入了他们的行列——礼仪教师出席这类仪式难道不是理所当然吗？邵恩这一次也被说服了，决定跟同伴们一起去——他想听一听音乐。

当他们来到广场时，正是庆祝活动最热烈的时候。一种从干枯的胡椒树根里提炼出来的"卡伐"酒，先是被灌入葫芦中，然后倒进了一百多个舞蹈者的喉咙里。这些舞蹈者有小伙子，也有姑娘。乐队再简单不过，乐器只有一种叫作"芳居芳居"的用鼻子吹的笛子和 12 只叫作"纳法"的鼓。人们急促而有力地敲鼓，居然敲出了节奏。这点是潘希拉指出并表示欣赏的。

很明显，文雅本分的多雷米根本看不上这种不入流的舞蹈——它怎么能与波尔卡舞或华尔兹舞中的任何一种相媲美？所以，当伊凡尔内说这些舞蹈新颖别致的时候，他耸了耸肩膀，表示很不以为然。

土人首先表演的是一种坐着的舞蹈。这种舞蹈只用表情、手势和身体的摆动来表现，伴随着缓慢而哀怨悲凉的音乐，别有一番奇特的效果。

接着，坐姿慢慢转入站姿，汤加男女舞者淋漓尽致地表现了他们的激情。他们一会儿动作柔美，一会儿又表现出战士驰骋沙场般的激昂情怀。

这时候，四位客人正以艺术家的目光看着这种表演，同时不禁暗忖：这些土著人会疯狂到何种地步？这时，潘希拉向他的同伴们提出一个建议，派人到文娱宫把乐器拿来，给这些舞蹈家伴奏。这个建议马上被采纳了，他们都坚信效果肯定相当惊人。

半小时以后，乐器拿来了，舞会立刻开始了。

当听到一把大提琴和三把小提琴用力拉出的地道法国音乐的时候，汤加人大为惊讶，当然也极其高兴——当地人对这样的音乐并非充耳不闻，他们甚至无师自通地掌握了舞曲的特点跳了起来。当邵恩、伊凡尔内、弗拉斯戈莱和潘希拉奏起《天堂和地狱》中描写魔鬼的一段曲子时，汤加的男男女女就竞相摇腿摆臂，似乎要一争高低。就连总长本人也兴奋得按捺不住，随心所欲地跳起了四组舞。多雷米却厌恶地遮住了脸，这个高雅之士再也不愿意看到这样恐怖的场面了。

当夹杂着鼻笛和响鼓的音乐演奏到最高潮时，舞蹈者的狂热也达到了顶点。要不是有一段意外插曲打断了这场魔鬼舞蹈，这一切真不知要到什么时候才能结束。

事情是这样的：一个又高又大的汤加小伙子，为邵恩的大提琴拉出来的声音所陶醉，他突然冲到大提琴那儿，抢走了琴，并且一面跑一面喊着：

"'大布'！'大布'！"

汤加小伙子喊的"大布"意为禁忌物，这就意味着这把大提琴已被宣布为神圣禁物！大家再也不能摸它，否则就算亵渎神圣。如果谁违反了这条神圣教规，岛上的百姓就会群起而攻之。

邵恩不懂这些规矩，他立刻冲出去追那个强盗。他的同伴也随着赶去，当地人也都跟去，广场上乱成一片。

然而那个汤加人跑得太快了，不过几分钟，就不见了踪影。

邵恩和其余的人没有追上，只好回到门波尔那儿。而此时，大提琴家已经是愤怒得无法形容，他一个劲儿地吐白沫，呼吸都困难了！

门波尔一听大提琴被抢了，则急得肺都痛了。管它"大布"不"大布"，一定要追回乐器！哪怕模范岛向汤加·塔布宣战——为比这更小的事情开战的先例也不少——总之，大提琴必须物归原主。

幸而岛上当局干预了这件事。一小时以后，人们抓住了那个土人，逼他交出乐器。可是解决这事也真费了不少工夫，总督就差没向岛方发出最后通牒了。那样的话，关系到"大布"问题，没准会引起整个群岛的宗教冲突呢！

然而这件事没有完，交还大提琴就是破坏了"大布"禁令，因此人们要举行一种禁令解除仪式。按照习俗，人们杀了很多猪，放在填满烧烫的石头的洞里烧熟，此外，还准备了许多甘薯和水果，让汤加人的胃部装得满满的。

至于邵恩的大提琴，虽然被那蛮力十足的土人施了咒语，但性能并没有任何改变，只是琴弦在争夺中松了些，定一下弦，调调音就行了。

第十一章

模范岛一夜之间遭到一群凶猛野兽的入侵。
如不立即采取措施，全岛人难逃厄运！

模范岛离开汤加·塔布后，朝西北往斐济群岛开去。随着太阳偏向赤道，模范岛逐渐离开南回归线。它不需要赶路，因为到斐济群岛只有 200 法里。西姆考耶舰长使模范岛保持着漫游时的那种速度。

风向时有变化，可是这对这架强大的海上机器来说，根本算不了什么。在 23 度纬线上，即使偶尔下暴雨，模范岛上的居民也根本无需担心。因为所有的建筑和房屋都装有避雷针，能把天空中的电流引开。至于雨水，即使是滂沱如泻也正是求之不得，公园与田野得到它的滋润后，会变得更加郁郁葱葱。只是这种暴雨比较罕见。所以，岛上的居民总是在最幸福的环境中生活。现在，两个区之间的联系也趋于正常了，人们生活得无忧无虑。一切安然顺畅，仿佛未来的安全不会遭受任何威胁了。

在萨洛尔船长的请求下，新赫布里底岛人登上了模范岛。不过，比克斯塔夫并不为此感到后悔，因为这些土著

模范岛的安全似乎固若金汤，那么真的就没有东西能够威胁到它吗？

像岛主席这样，往往很多时候好心并不能得到好报。

人一心想为岛上干点儿事，他们就像在汤加·塔布岛的田野中那样劳动。白天，萨洛尔与他的马来人和这些随行的土著人形影不离；晚上，他们就回到港口那块分配给他们作为住处的地方，没有引起居民们的任何抱怨。

然而，在萨洛尔船长的怂恿下，这些新赫布里底人将和他们的同乡串通起来，适时参加破坏活动。届时，他们凶残的本质将暴露无遗。难道他们不是那些吃人肉的野人的后代吗？在太平洋这部分海域内，他们的祖先可谓臭名昭著。

这期间，亿兆城的人过着有条不紊的生活，从来没有想到有什么会危及现在这种生活。"四重奏"的演奏总能取得同样的成功，大家对他们的演奏百听不厌。莫扎特、门德尔松、贝多芬和海顿的作品全都演奏过了。除了文娱宫的定期演奏会之外，考弗兰太太举办的音乐会也是场场爆满。虽然托克登家还没有来十五号街府上拜访，但至少华脱是这些演奏会的常客。迟早会有一天，他和蒂小姐的婚事会取得圆满的结果。人们甚至为这对未来的夫妇指定了证婚人，现在只缺少双方家长的同意了。会不会突然出现一种情况，迫使两家一起来宣布这桩婚事呢？

果然，人们翘首期盼的这种情况没过多久就发生了，然而却是以极大的危险为代价的——模范岛的安全受到了严重的威胁！

1月16日下午，从汤加岛到斐济岛的航程中，模范

岛上生活依旧安逸、富足，最大的危机——两大家庭的矛盾似乎也不成为问题，模范岛看似将继续它的美好。

岛走完将近一半路程了。这时，他们注意到东南方向出现了一艘船。该船似乎正向右舷港驶来。这可能是一艘吨位在七八百吨左右的轮船。船桅没有任何旗帜，甚至到了离岛仅有一英里时，也还没有升旗。

这船是哪个国家的呢？从船体结构上看，天文台的瞭望员也辨认不出它的国籍。但通过它根本没有向模范岛表示任何友好之意来看，人们推测它极可能是一艘英国船。

该船并没试图驶近港口，它似乎是想从模范岛旁驶过。毫无疑问，它很快就会消失在远方。

夜幕降临，天空昏暗无月。高空中布满了乌云。这些云层好似不透光的绒面布一样，挡住了所有光线。无风不动，无论是海面还是天空，都陷入了一片宁静之中。这茫茫黑夜，静极了。

比喻句，形容天色无比阴沉，气氛令人压抑。

快到 11 点时，天空起了变化。一场巨大的暴风雨正在酝酿中。空中划过一道道闪电，隆隆雷声一刻不停，一直持续到子夜以后，但雨却一滴也没下。

或许是因为这些从远处传来的雷声干扰了炮台的海关观察人员，在船舻炮台值岗的警察没有听见那边海岸上发出的一种奇怪的尖啸声和吼叫声。这声音既不是雷鸣，也不是闪电——不管是什么吧——它发生在凌晨两点多。

过于安逸的生活使人们丧失了应有的警惕。

第二天，一条令人不安的消息传遍了偏远街区。到田野放牧的人突然发现了一件可怕的事情，他们四处逃散，有人朝港口跑去，有人朝亿兆城的铁栅门跑来。

岛上最大的一次危机终于爆发！

那是一件极为恐怖的事情：五十来头羊在一夜之间被咬死、被吃去一半。那血淋淋的残肢躺在后炮台四周。关养在牧场、公园内的数十头奶牛、牝鹿和梅花鹿，以及二十来头马都遭到同样的命运……

一连串的排比设问，显露出岛上所有成员内心的焦虑与困惑。

毫无疑问，这些家畜遭到了野兽的袭击……是什么样的野兽呢……狮子、老虎、豹子还是饿狼……这种说法能让人接受吗……这令人生畏的食肉动物，模范岛上从来没有过，不是吗……它们可能是从海上来的……再说，"太平洋明珠"难道是航行在印度海域附近，或是在非洲和马来西亚附近吗？只有这些地方才有这类凶残的野兽啊……

然而，模范岛既不在亚马逊河河口，也没到达尼罗河河口。

早上将近7点钟的时候，两个惊恐万分的女人跑到了市政大厦广场上。她们刚刚被一条巨大的鳄鱼追赶，后来那条鳄鱼冲到河边，然后就在水中消失了。同时，沿河岸的草丛一阵抖动，这说明还有一些鳄鱼也在这时爬到了河岸上。想想看，这是多么可怕的情形啊！

除了昨晚那艘船，还有谁可能搞鬼！

一小时后，瞭望员又观察到有好几对老虎、狮子、豹子在田野上奔腾窜跃。好几只羊从前炮台逃出，结果被两只巨狮咬死。家畜们被猛兽的吼声惊得四散奔逃。一大早被叫去田间劳作的人也遇到相同的情形。左舷港头班电车几乎都没时间逃回车库。三头狮子追着它，仅差百来步就可以赶上了。

毫无疑问，模范岛一夜之间遭到一群凶猛的野兽的入侵。如不立即采取措施，便难逃厄运！

是礼仪教师多雷米向艺术家们通报了这种局面。他今天外出得比平时早些，但是再不敢回到自己的家里。他跑到文娱宫来避难，无论是谁都无法将他拉出来。可艺术家们并不相信他的通报，他们甚至认为礼仪老师是在跟他们开玩笑。

但是，事实的确如此。于是，市政府下令关掉栅栏城门，封锁两个港口以及海关的入口。与此同时，电车停开，人们被严禁到公园与郊野去，以求避免危险。

好在野兽没有被放进城里来。

当警察在天文台广场关闭一号街尽头的城门时，五十步之外就有一对老虎在蹦跳着，它们双眼喷火，张着血盆大口。如果再拖延几秒钟，这凶猛的野兽就窜过栅栏了。

市政厅那边也采取了同样的防御措施，亿兆城不用担心会遭到野兽的攻击了。

多么惊人的事件，多么好的素材！模范岛上的《右舷新闻》、《新先驱》以及其他报纸获得了不少新闻与花絮。事实上，人们的恐慌已经达到了极点。大厦和房屋周围堆起了障碍物，商店上了铺板，家家户户都关紧了门，路上见不到行人，楼上的窗户现出一些惊恐的面孔。除了斯蒂华脱上校指挥的军队和警卫队在巡逻，路上再没有任何行人。

人们都陷入了空前的恐惧和危机中。

比克斯塔夫和他的助手们第一时间赶到市政厅，并且一直留守在那里。通过电话，他们保持着与两个港口、两个炮台以及海岸哨位的联系。但是市政府收到的消息总是令人更加不安。这些野兽几乎无处不在⋯电报里说至少有几百只。这或许是因为发电报的人吓晕了头，多打了一个零。然而可以确定的是，有不少狮子、老虎、豹子在郊野上到处奔跑着。

这到底是怎么回事呢？是哪个动物展览团的笼子破了，猛兽逃到模范岛上来了吗？可是展览团来自什么地方呢？是什么船把动物运来的？是昨天瞧见的那艘船吗？假如是的，那么那艘轮船又发生了什么事呢？它在夜间停靠过模范岛吗？那艘船后来沉没了吗？然而在瞭望员视野所及的海面上，却没有发现任何残留的漂浮物，而模范岛自昨天以来几乎没有移动过。如果那艘船真的沉了，连野兽都能逃到模范岛上来，船上的人为什么不设法逃过来呢？

排比句式，且用设问的方式提出大家心中的疑虑。

市政厅拨通了好几处值勤岗的电话，询问此事。回答都说没见到任何撞船与沉船的痕迹。虽然夜里天黑，这种事他们也绝不可能搞错的。确切地说，在所有的假设中，撞船是最让人难以接受的。

"谜⋯⋯真是个谜⋯⋯"伊凡尔内不停地重复说。

"上帝，"潘希拉说，"上帝，我不想猜了⋯⋯管它出了什么事，现在多吃点儿。多雷米先生，趁我们还活着⋯⋯"

两个人的言行是其各自性格的体现。

然而礼仪老师却没有笑，周遭的恐怖气氛让他根本高兴不起来。

市政厅里，比克斯塔夫立即召开了紧急会议。早上刚到 8 点，名人们便毫不迟疑地来到了岛主席那里。显然，人们都已经意识到这次意外非同小可。事实也是这样证明的。

"诸位，"岛主席说，"你们已经知道使模范岛居民发生恐慌的原因了。昨天夜里，有一群食肉动物和蜥蜴类动物侵入了我们的岛。目前的问题是赶紧消灭这群动物，我们肯定能够做到这一点。我们要把兵士和海员组织起来，到岛上各处去猎捕和驱逐野兽。我们中间有会打猎的人也请跟他们一起去，指挥他们的行动，尽量避免发生任何意外……"

"从前，"托克登说，"我也在印度和美洲打过猎，在这方面我是内行，我去，我的长子也陪我去。"

"我们感谢尊敬的托克登先生。"比克斯塔夫说，"现在，让我们以他为榜样，斯蒂华脱上校指挥他的兵士，西姆考耶舰长将率领一队海员，大家分头行动。"

考弗兰也表达了和托克登一样的意愿。最终，所有的显贵们，只要年龄许可，都当即表示愿助一臂之力，纷纷自愿参加猎兽。亿兆城从不缺射程远、速度快的武器。由于每个人的献身精神与勇敢，亿兆城用不了多久便能摆脱这群可怕野兽的袭扰。

人们正要散会去参加由岛上最熟练的猎手指导的围猎，这时，赫勃莱·哈柯特要求发言。这也是亿兆城的

托克登和考弗兰虽然不停争斗，但关键时刻，他们并不自私，而且更为英勇无畏。

在面对共同的危险时，所有人还是会团结一致的。

重要人物之一，他一向严肃谨慎，深得大家的信任。他几句话就说出了自己的见解，逻辑非常严谨。

"诸位委员，我无意推迟已经决定的行动，因为当前最紧急的事情就是去打猎。但是我想起了一件事，它也许能够合情合理地解释出模范岛为什么会出现这些野兽。昨天下午，我们在岛上看见一艘船，没有悬挂任何旗帜，无疑表明它有意不让别人知道它的国籍；而我认为，这群野兽就是它载运来的，至少和它有脱不了的干系。"

"有可能。"

"是的，先生们，也许你们当中有人会认为这是一起海上意外事故，但我不这样看。"

"由此说来，"托克登大声问道，"这是一起故意的、有预谋的行动了？"

"至少我是这样认为的。我觉得这是一场有意识的、故意的、预先策划好的阴谋，而这阴谋一定是我们的世仇——英国佬干的。对他们来说，只要反对模范岛，什么恶毒无耻的办法都想得出来。他们没有权力消灭我们的岛，就想方设法让岛上不能住人；所以才用轮船把狮子、豹子、老虎和鳄鱼放到我们岛上！"当他说出这可怕而又极有可能是现实的猜想时，众人的惊愕和感到的恐怖可想而知。

没错！这肯定是英国人的报复行为。一旦涉及海上霸权的时候，他们是寸步不让的！没错，那船就是被租来干这种罪恶勾当的，事后它就消失了！为了使模范岛

排比句式，是对哈柯特的一系列严谨推断的印证。

的居民不能在岛上居住下去，联合王国政府会毫不犹豫
地拿出几千英镑！

赫勃莱·哈柯特又补充说：

"诸位，我之所以有这个想法，并将这些疑问转化
为肯定，那是因为我想起了另一桩类似的阴谋——也是
在跟这次几乎相同的情形下，而且发动的阴谋也差不
多。在安的列斯群岛中，原有一部分属法兰西，后来被
英国占领。当它被迫把这一部分归还法国时，为了要表
示它曾在那里统治过，它想留一个痕迹。这是一个什么
样的痕迹啊！原来那里从来没有发现过一条蛇。但是当
盎格鲁—撒克逊的殖民统治结束以后，那里出现了蛇。
这是英国佬的报复！他们在不得不离开的时候，把上百
条毒蛇放在他们将要失去的土地上。从此以后，这种毒
蛇无止境地繁殖起来，严重危害着法国移民！"

英国人也从来没有因这项指控为自己洗刷，因此哈
柯特关于野兽入侵的解释显得合情合理。难道他们想造
成模范岛荒无人烟，甚至想将它变成又一个安的列斯
岛？我们能相信这种说法吗？虽然现在还无法得到证
实。然而，既然将模范岛牵涉进去，亿兆城的居民就宁
可信其有、不可信其无，毕竟这关系着他们的生死
存亡。

"天哪！"托克登喊道，"英国人把蛇当成他们的代
理人了！虽然法国人没能消灭安的列斯群岛的毒蛇，但
亿兆城的居民一定会把模范岛从这些猛兽中拯救出来！

因为这种事英国人以前就干过，所以更加可以证明他们的嫌疑最大。

大家决定奋起抗争。

先生们，不要犹豫了，各就各位吧！"

他的号召得到了一片支持的掌声。

一小时以后，两份主要的报刊就报道了会议情况。当人们知道一双阴险的手打开了海上动物园的笼子时，当人们知道了是谁使猛兽袭击岛上时，每个人心里都发出了愤怒的诅咒。

虽然英国人嫌疑最大，但是模范岛是否也应反思自身的安全隐患？

围猎的行动取得了骄人的战绩，更令人高兴的是，一次意外促成了两大家族的和解。

现在，大家必须按照委员会的决定，去做最紧迫的事。

亿兆城的人们一刻也没有耽误，立刻行动起来。有些人提出了一些极端的办法，如把海水引入机器岛，或者把公园、平地和田野里的草木点燃，这样就会把全部猛兽淹死或烧死。但是这两种办法对两栖动物都没用，最好还是进行周密组织的围猎。

事情就是这么办的。

在这里，我们要提到萨洛尔船长和他手下的马来人以及新赫布里底人。他们主动要求帮忙，岛主席并没有多想，就高兴地同意了。这些伪装者说要回报人们施予他们的大恩大德，而实际上，我们应该猜到，他们是害怕意外的事情打破了他们的计划。要是亿兆城的富翁和他们的妻儿老小离开模范岛，模范岛也会返回马格达利那湾，那么他们的计划就随之化为泡影了。

强盗们伸出援手并非真心，最终还是为了他们自己。

大家都表现出了勇敢和决心。

在这种紧急情况下，"四重奏"也表现出毫不退缩的英勇气概，冒着生命危险参加了围猎。他们由门波尔带领。

在这种情况下，无论是食肉动物还是爬行动物，只要有一对漏网，未来都将贻患无穷。所以亿兆城的猎手们以及参与作战的客人，都表现出了极大的决心和勇气。

围猎在当天上午开始。起初，围猎工作进行得比较顺利。

这一天，有两条鳄鱼不小心爬到岸上来。大家知道，这种爬行动物在水里是非常可怕的，一旦上了岸，它们也就不那么灵活了。萨洛尔船长和他的马来人勇敢地消灭了它们，可有一个马来人受了伤。

托克登身先士卒的优点还是令人敬佩的，他自己也明白，他们这样的领袖人物在此刻对鼓舞士气有决定性作用。

与此同时，人们还发现了十多条鳄鱼——大概和那两条是一群的。这些动物体型庞大，足有四五米长，非常危险。它们躲在河水中，所以，海员们计划朝它们发射几颗爆裂弹，炸碎它们坚硬的外壳。

与此同时，托克登也英勇地打死了一头狮子。这足以证明他所说的自己打猎不是外行的话。在打猎中，他又找回了西部猎户的机智与沉着。

下午，在和一头很漂亮的母狮子搏斗时，有一个士兵的肩膀被狮子咬了一口。正在危急关头，岛主席把这头狮子打死了。

当天的战果还不止这些。率领着海员的西姆考耶舰长，这一天也成功地打死了一对老虎。

天色近晚的时候，那些野兽遭到我们的英雄们的沉重打击，只好逃到了船舻炮台的树林中。整整一夜，可怕的吼叫声没有中断，这令亿兆城的女性和儿童不断受到惊吓。

取得初步战果。

天刚破晓，围猎又像昨天那样开始了。岛主席与西姆考耶舰长取得一致意见后，命令斯蒂华脱上校用大炮来对付体形庞大的猛兽，把它们轰出巢穴。于是，两门大炮被拖到了船舻炮台。

只听舰长一声令下，两门大炮同时开火，紧接着传来一阵恐怖的吼叫声——肯定有几只野兽被击中了。其余的野兽——有二十来只——冲了出来，不用说，迎接它们的是一排排子弹。正在这时，有一只巨大的老虎朝人群扑来，弗拉斯戈莱被狠狠地撞了一下。

同伴们急忙跑来救他。扶起他的时候，他几乎没有知觉，但马上就苏醒了过来。他只不过是被撞了一下……天哪！这一撞真是非同小可！

与此同时，另一些人正在想办法驱赶河里的鳄鱼。怎样才能把这种可恶的动物全部赶走呢？幸亏哈柯特助理想出了一个好主意：把河里的水闸拉起，把水放走，那时再打鳄鱼就方便多了。这个办法非常成功。

在对付猛兽的时候，人们显示出了足够的智慧。

这次行动唯一的牺牲者是一条优秀的狗，它的主人正是南特·考弗兰。被鳄鱼抓住后，这个可怜的畜牲被一口咬成两段，但是也有十头鳄鱼相继倒在士兵们的枪弹之下。模范岛完全有可能彻底消灭这些可怕的两栖动物。

举例子、列数字的说明方法。

这一天的战绩非凡，总共打死了六头狮子、八只老虎、五只南美豹和九只豹子。到了晚上，"四重奏"在文娱宫的餐厅里坐了下来。

"我想，我们的罪快受到头了。"伊凡尔内说。

"是的。"潘希拉说。

多雷米，这个礼仪教师终于回到了他位于第二十五街的住所。幽默、恢谐的描述方式。他的老女仆瞪大眼睛看着他——她在绝望中想象着主人可能只剩下一堆骨头了！

这个夜晚十分安静，几乎听不见从远处传来的吼叫声了。可以肯定，再来一次大规模的围猎，消灭野兽的工作就可以宣告结束了。

第二天，天一亮，狩猎小队就到齐了。不用说，模范岛已经停在那里二十四个小时没有航行了，因为照看机器的人都忙着打猎去了。

下午 4 点钟，比克斯塔夫和西姆考耶舰长、托克登和他的儿子、考弗兰和两位助理，还有几位名人，朝市政大厦走来，准备听取情况汇报。当他们走到距市政大厦只有百步时，忽然响起一片大喊大叫的声音。他们看见有许多受到惊吓的女子和儿童，正沿着一号街奔逃着。

岛主席、西姆考耶舰长和他们的同伴赶紧向广场跑去。这里的栅门应当关着，但是，谁也不知道怎么这样疏忽，栅门竟开着。一定是有一只野兽闯了进来。

考弗兰和华脱·托克登最先到达广场，他们冲了进去。

忽然间，和考弗兰只差三步的华脱被一只巨大的老虎扑倒在地上了。

考弗兰来不及装子弹，从腰间拔出猎刀，跳过去救年轻人。华脱得救了，但老虎转身朝考弗兰直扑过来。考弗兰用刀去刺老虎的肚子，没有刺中，跌倒在地上了。

老虎向后倒退，张嘴吼叫着，露出了一排牙，伸着鲜血淋淋的舌头。

正在这时，枪声响了一下，又一下。

这是詹姆·托克登开的枪。从他枪里飞出一颗子弹打进了老虎的身体。

大家扶起华脱，他的肩头被撕破了。至于考弗兰，他虽然没受伤，但至少从来没有遇到过这样大的生命危险。

> 两个人的合作取得了胜利。

考弗兰站起来，朝詹姆·托克登走去，用一种严肃的声调说：

"您救了我，谢谢！"

"您救了我的儿子，谢谢！"托克登回答道。

两个人终于第一次主动向对方伸出了手，这一握表示了感激，也表示了和解。

> 在面对危机时，人们总是更容易团结一致。

当然，人们的恐惧还没有完全消失。在英国人的掩护下，那些猛兽搞得大家惶惶不安。亿兆城的人至今尚不敢放松警惕。虽然岛上也有一些胆小鬼拒绝离城，不愿冒险去公园与郊野。岛主席仍旧组织起狩猎组在树林中、田野里和河流里进行搜索，但没有发现任何野兽的踪迹。无论白天还是夜晚，再也听不到兽吼。由于狩猎工作毫无结果，大家也就放心了，模范岛恢复了往日的安全和宁静。这项阴谋的主使人，管他是谁，反正是白白地损失了一批动物。

在两位名人握手的第二天，托克登太太赶紧来拜访考弗兰太太，为了儿子的得救而向她表示感谢。之后，考弗兰太太也拜访了托克登太太，为了丈夫的得救而向她道谢。这一点谁都觉得很自然，甚至蒂小姐也陪她的母亲一块儿去了，母女两个一同向托克登太太探问她的爱子的受伤情况，这也没有什么好奇怪的。

这件事在亿兆城里引起了不小的风波，谁也无法否认，偶然发生的灾难促成了两个城区之间的和解。从那以后，左舷区与右舷区的两大家族不断互访、互邀、相互接待。一次次的接待，一次次的盛宴。每晚，在声威赫赫的显贵们的府邸，不是舞会就是音乐会，尤其是在两大家族的公馆里，"四重奏"几乎应接不暇。此外，他们获得的狂热支持非但不见衰减，反而更加强烈。

从这点看来，我们可不可以认为这起事故是利大于弊呢？而那些费尽心思想要吞并模范岛的人，该有多失落呢！

和解的过程充分说明，两家并没有深仇大恨，其实更多的是意气之争。

世界上的事就是这样，宽容、互信才能有更好的前景。

▌情境赏析▐

　　在共同抵抗、围猎野兽的过程中，两个看似势不两立的家族，因为在共同的战斗中取得了宽容和互信，令整个模范岛笼罩在欢乐、祥和的气氛中，这说明两个家族并没有什么刻骨仇恨，更多的也就是一种意气之争。所以，任何社会形态都是类似，如果整天想着"非黑即白"、"非敌即友"、"不是你死，就是我活"，社会永远不会达成和解，只能是永远制造仇恨、制造血腥、制造社会的分裂，而最终令社会道德败坏、整体沦丧！

▌名家点评▐

　　儒勒·凡尔纳是我一生事业的总指导。

——（美）西蒙·莱克

第十三章

在"四重奏"对当布村进行参观时，潘希拉被土人捉住，并将成为盘中餐。

模范岛摆脱了可怕的"客人"，平平安安地向斐济群岛驶去。

重要消息终于在一天早上传出，詹姆·托克登先生到南特·考弗兰先生的府上做了正式拜访，并向考弗兰先生提起蒂·考弗兰小姐和自己的儿子华脱·托克登的婚事。南特先生同意把自己的女儿许配给华脱·托克登。在嫁资问题上没有发生任何争执，这对年轻夫妇每人将得到两亿美金。

"哇，他们这一辈子都衣食无忧了，哪怕是生活在欧洲！"潘希拉惊叹道。他可一点儿都没说错。

各方各界都到两家贺喜。岛主席比克斯塔夫毫不掩饰自己的满心欢喜。多亏这件亲事，模范岛的敌对状态得以消除，关于双方明争暗斗危及模范岛前途的忧虑也不复存在。铝片上印着金字的名片像雪片般投进两家公馆的信箱，报纸接二连三地报道正在筹备的婚礼如何豪华。一封封海底电报发到法国去定做结婚用品，化妆品商店、大时装公司、珠宝店都收到了惊人的订单。一艘轮船将从马赛开出，专门运送精致的法国工业制品。吉日选在 2 月 27 日。门波尔总长担任了婚礼筹备人。这理所当然，大家都知道，这件婚事是他极力促成的！也可以肯定，他将完全能够胜任这项工作，组织一场非常精彩的婚礼庆典。

西姆考耶舰长在报上刊登了一项通知：举行婚礼的那天，机器岛将航行到斐济群岛和新赫布里底群岛之间的洋面上。在这以前，它将在维的岛停泊十天——这是在广阔的群岛间唯一停泊的岛屿。

航程美妙极了。很多的鲸鱼在海面上嬉戏，它们从鼻孔中喷射出上千条水柱；几百条大鲨鱼尾随在岛后，就像在为模范岛保驾护航。

斐济群岛包括的 255 个岛中，只有 100 个岛上有人居住，居民总数不超过 12.8 万人。这些小岛尽是零零落落的环岛和海底山脉的山峰，四周镶着珊瑚边。最大的岛不超过 150 平方公里。从政治上来说，这片岛屿属于联合王国。

到处都有狭长的独木舟在离岸不远处行驶，这种船装有一个用交叉的竹竿做成的平衡器，用来维持船身平衡。小船来来往往，非常醒目；然而它们既不进左舷港，也不进右舷港，即使想来，可能也得不到许可——斐济人的名声相当坏。他们从前喜欢吃人，直到现在对人肉也没有完全失去兴趣。这件事跟宗教有关，他们信仰的神喜欢血。不久以前，有一位达肯鲍国王，还喜欢坐在树下，让人在每根树枝上挂上一块人肉给他吃。有时候，整个部落的人都被吃掉，在维的岛靠近纳莫西的尼洛卡人就遭遇过这件事——很明显，要是潘希拉在这些岛上还遇不到保留着祖传吃人习惯的土著人，那他就永远别指望在太平洋这些群岛上寻求残留的地方色彩了。

1 月 25 日下午，维的岛的山峰在天边出现。这个多山岛屿是群岛中最大的一个，群岛的首府苏瓦就在这个岛上。模范岛在苏瓦港口停下来，当天就办好了手续，得到了自由上岸的许可。

亿兆城在这里受到了最热烈的欢迎！当然，这种欢迎与其说是出于热情，倒不如说为了金钱。无论对殖民者还是对土著人来说，接待这种人的来访只可能被视为发财的好机会。此外，我们也别忘了，斐济群岛是英国的势力范围；英国的外事办公室与模范岛公司之间的关系向来紧张。

苏瓦城建在一条小小的海湾右岸，居民散居在一座翠绿山冈的山坡上。街上有木板人行道，房屋是木头的，一般是平房，阳光充足，空气流通。城市周围有土人的小屋，这些小屋有翘起的屋角，上面还有贝壳装饰。

这里的土人有波利尼西亚人和美拉尼西亚人，他们长得很美。男的皮肤是古铜色的，深得跟黑色差不多，中间有很多混血种，长得又高大又强壮。他们的服装相当简单，往往只用一块腰布，或者披一块叫作"马席"的土布。至于女的，她们穿的是马席布的裙子和短衫。她们长得不坏，身段也不错，颇具青春魅力。但为了不致中暑，黑头发上涂了一层石灰。这是一种多么讨厌的习俗！另外，她们还抽烟，抽得跟她们的丈夫和兄弟一样凶。她们抽的土烟的味儿跟烧干草的味儿一样。当口里没叼着香烟时，她们就将它别在耳朵根间。那儿，通常都是欧洲女性戴钻石、珍珠首饰的地方。

在那里，一般说来，女人的生活条件与奴隶无异，她们承担着最繁重的家务。不久前，还有女人辛辛苦苦地服侍完懒惰的丈夫后，被丈夫活活扼死。

四位游客在苏瓦游览的三天，几次想参观一下土人的小屋，但都无一例外地被赶了出来。倒不是小屋主人不好客，对他们毫不客气，而是房子里的臭味实在让他们受不了。所有的土人身上都涂着椰子油，他们跟猪、鸡、猫、狗一起住在那令人作呕的小房子里。为了照亮屋里，还点一种发恶臭的马达那树的油脂树胶，这实在让人难受。还有一点不能不提，成群的蠹虫和白蚂蚁蛀蚀着房屋；还有蚊子——成千上万的蚊子在墙上、地上、土人的衣服上飞来飞去，这足以打消"四重奏"参观的勇气。

1月30日，邵恩和他的同伴乘岛主席拨给他们的一只电气艇，预备开到岛上的一条主要河流——尼瓦河的上游。电气艇由一个驾驶员和两个水手操纵着，还带了一个本地的领航员。

尼瓦河又叫瓦伊勒芙。海潮来时，潮水一直涨到离海45公里的地方，小船可以上溯到80公里远。电气艇绕过三角洲以后，就来到了被花朵包围着的肯拨村，但是船不在那里停留，而要趁涨潮往里开。再说，肯拨村刚被宣布为"大布"，在这方面，邵恩曾经领教过，因此，大家也就对它格外尊重。

当游客们来到内达丽村沿岸的时候，领航员请他们看生长在岸边的一棵高大的塔伐拉树。

"有什么特别的地方吗？"弗拉斯戈莱问。

"别的没有，就是它从树根一直到分枝的地方，都划有一条条刀痕。这些刀痕表示在这儿被烧熟了吃掉的人的数目。"领航员回答说。

"就像卖面包的在他的木棍子上划刀痕似的！"潘希拉一面说，一面耸了耸肩膀，表示不相信。

将近1点钟的时候，船到达了尼瓦河源头。两小时以后，潮水下退，船可以顺水开出河去。充分利用这段时间最好的办法就是参观当布村。那里还保留着斐济人神秘的古老风俗，巫术盛行。驾驶员和两个水手留下照看船，领航员领着乘客向村子里走去，路上再三叮嘱几个巴黎人千万不要走散。

这一小队人走进村庄，土人没有任何欢迎的表示，既不过来问好，也不把他们请进屋坐坐。好在小屋子没有什么吸引人的地方，屋里还发出一种椰子油的臭味。四位艺术家也暗自庆幸，多亏了这里的人不好客。

然而，当他们走到酋长住宅前面时，那位酋长——一个身材高大、神气粗野、相貌凶恶的斐济人，被一群土人簇拥着走来。他那卷曲的头发上涂着雪白的石灰，穿着出席仪式用的盛装，一件条纹衬衫，一件陈旧的钉着金纽扣的蓝色燕尾服，衣服上有几个补丁，后摆一长一短，拖在屁股后面，拍打着小腿。他腰上系着皮带，左脚套着一只老式毛毡拖鞋。

看他这打扮，潘希拉不由得感到好笑！

当酋长朝这群人走来的时候，不小心被树根绊了一下，身体失去了平衡，竟跌倒在地上。

立刻，他的随从像一排熟透了的麦子一样，一个个故意绊了一下，恭恭敬敬地跌倒在地上。

"这是为了分担这次摔跤引起的耻笑。"

这是领航员的解释。潘希拉很赞许这种规矩，他认为这并不比目前欧洲宫廷中的礼节更可笑。

这时，土人已重新站起。酋长和领航员用斐济话交谈了几句，"四重奏"一句也听不懂。领航员翻译说，酋长问这些外人来做什么，"四重奏"回答说来参观参观。酋长对于这些游客的到来，既不表示高兴也不表示不高兴。他做了一个手势，土人们便回到自己的茅屋里去了。显然，当地人对他们的到来也十分冷漠。

艺术家们在村里溜达了一个小时，那些土人并没有引起他们的不安，因为他们似乎没有想象中那么凶恶。于是他们朝一座破庙走去，当地一个巫师住在那里。他倚着门框，向他们投去令人生畏的目光。那神态似乎在说，愿厄运降临在他们身上。弗拉斯戈莱试图通过领航员与他攀谈。然而巫师的表情十分憎恶，态度也咄咄逼人。众人只好放弃任何尝试，不再与这个易怒的斐济人打交道。

就在弗拉斯戈莱准备和巫师攀谈的时候，潘希拉一个人离开了大家。等邵恩、伊凡尔内和弗拉斯戈莱被这个巫师搞得败兴之极而准备离开时，却找不到他们的伙伴潘希拉了。

大家四处呼唤他，却听不到任何回答。弗拉斯戈莱猜想他可能一个人先回到了小艇，于是他们怀着无比焦急的心情上了路。在穿过当布村时，他们注意到斐济人都不见了，所有的茅屋都被关得紧紧的。酋长小房子前面也没有人，整个村子被人遗弃了一个钟头。这一小队人加快了脚步，一路喊着失踪者的名字，但总是得不到回应。到河边一问，驾驶员说潘希拉根本没回来。没什么可怀疑的了，潘希拉一定被土人抓走带到什么地方去了。那些土人怎样对待他是不难想象的！一行人完全乱了方寸，连领航员也感到束手无策了。只有弗拉斯戈莱还保持着冷静，他说：

"回模范岛去……"

"丢下我们的伙伴回去？"伊凡尔内高叫起来。

"还是先听听他怎么打算的吧！"另一个插嘴道。

"我看别无选择，"弗拉斯戈莱回答说，"应该将此事通报模范岛主席，并请求岛当局立即采取行动……"

"这是解救潘希拉的唯一办法，"弗拉斯戈莱接着大声说，"如果不是太晚的话！"

事实上，这确实是他们唯一能想到的办法。

当邵恩、弗拉斯戈莱和伊凡尔内决定上船的时候，他们心中的难受无法描述。他们有些犹豫不决，不停呼喊，等待着他们期许的熟悉的身影。但还是没有结果，最后他们不得不走了，因为潮水很快就要退了。事实上，如果当时不是他们表现出过分不安的话，领航员与这些同伴便可能发现，那些凶残的斐济人正躲在荆棘丛中，窥视着他们的离去。

半小时以后，百余名海员和士兵由西姆考耶舰长带领着在苏瓦上岸。西姆考耶舰长早想亲自指挥这次行动。他们请熟悉岛内腹地复杂地形的领航员作向导，抄捷径，迈快步，争取在最短的时间内赶到当布村……出发前，便作出决定：穿过丛林，进到腹地。

半夜 1 点钟时，队伍停止了前进。在一片浓密得几乎无法穿越的荆棘丛深处，他们看见了一片火光，有一只炉子正燃烧着。西姆考耶舰长、领航员、三个巴黎人向前走去，他们走了不到百步，突然停下来，一动不动。在这片荆棘丛中，有人看见火光。无疑，这是当布村的土著人在那集合，那儿距村子东边还有半小时的路程。

在一炉熊熊的烈火对面，在一群闹哄哄的像在鬼哭狼嚎的男女中间，可怜的潘希拉半裸着身子，被绑在一棵树上。斐济人酋长高举着斧头，正朝他跑去。

"前进！前进！"西姆考耶舰长向海员和士兵发出紧急命令。部队开始冲着人群大肆开枪。土人们大吃一惊，四下奔窜，逃进了密林之中，不一会儿，广场空了。

潘希拉被从树上解救了下来，倒在他的朋友弗拉斯戈莱的胳膊上。

怎样来形容那三个艺术家、他的亲如手足的伙伴们的快乐呢？他们激动得流下了眼泪。当然，他们喜极而泣，把潘希拉责备了一番。那是完全应该的，无论如何这家伙真该臭骂！

他的救命恩人们在树下找到他的衣服，潘希拉重新穿了起来，始终保持着世界上那最令人折服的镇静。随后，当他穿着"得体"时，才逐一与西姆考耶舰长和总管握手。

这时候他却说："你们可知道，当我快到他们嘴里的时候，最使我不痛快的是什么吗？"

"要我的命也猜不出来。"伊凡尔内回答说。

"告诉你们吧！我最不痛快的不是因为立刻要被这些土人吃掉！不是！我遗憾的是要吃我的野人竟穿着燕尾服，胳膊上还挎着一把雨伞，一把讨厌的英国雨伞！"

第十四章

险
境
逢
生

在潘希拉事件闹得沸沸扬扬之后，模范岛在黎明时出发了，一直朝新赫布里底开去。这样一来它向西多走了 10 度，也就是 200 英里。但要把萨洛尔船长和他的伙伴们送到新赫布里底去，那就只好这样。再说，也没什么可抱怨的。每个人都很高兴能为这些勇敢的人做些什么，因为他们在狩猎时表现得非常勇敢。他们离家这么久了，专程送他们回去，能有什么怨言呢？再说，亿兆城也可借此访问一下他们并不熟悉的新赫布里底群岛。

模范岛以精心计算的速度行驶着，十分缓慢。给托克登和考弗兰两家运东西的船已经从马赛开出。模范岛预先计算好，以这样慢的速度行驶，可以在约定地点——斐济和新赫布里底之间——跟它会合。

2 月 2 日，模范岛来到了将要跟那艘从欧洲来的轮船会合的地方。亿兆城每个人都从公告栏上看到了这个方位。几百架望远镜在海上搜寻着，华脱和蒂小姐结合将是这出戏的大团圆式结局。

当天下午，有消息说看见一艘从东北来的大轮船。船的国籍再次没有被认出来，它离模范岛有 10 英里远，再说黄昏的薄雾已经笼罩了海面。这个消息引起了没法形容的骚动。女人们都兴奋地想象着，这艘装运大批婚礼用品的轮船会带来的怎样珍奇的珠宝、织物、时装、摆饰……

第二天天刚亮，轮船绕过了右舷港的防波堤，它的船桅上飘扬着模范岛公司的旗帜。

突然，亿兆城却从电话中得到了一个消息：那艘船升的是半旗。

人们困惑不解。难道出了什么事？这艘船来做什么呢？模范岛公司为什么派它到这一带和模范岛相会？

轮船刚到码头，立刻有一个人上岸。这是公司里的一位高级代理人。十分钟以后，他到市政大厦，说有"紧急事情"要见岛主席。他立刻得到了许可，比克斯塔夫在办公室接见了这位公司代理人，接见时房门关得紧紧的。

不到一刻钟，名人委员会的 30 位委员全都接到电话通知，请他们到会议厅出席紧急会议。在会上，公司代理人发表了下面的声明：

模范岛有限公司已于 1 月 23 日宣告破产

消息传出，没有产生像在欧洲那样的反应。破产这种事不会使美国人吃惊，更不会使他们感到意外。相反，这是金融界一件很自然的事。事实上，它已经被接受了。

重要的是有所行动。亿万富翁还是和平常一样冷静地来处理这件事情。公司已经垮了，垮就垮吧。这种事情，即使最有信誉的财团也避免不了。它亏空的数目大吗？非常大，一共是 5 亿美金。为什么会破产呢？投机，可以说是疯狂地投机，结果导致惨重的失败。

目前的问题是尽快建一个新公司，以协议或拍卖的方式把模范岛整个儿买下。对于名人委员会的委员们来说，这不成问题。托克登和考弗兰加上其他几位富翁，当场就凑了 4 亿美金。关于钱数没有什么好讨价还价的，公司方面同意就收下，不同意就作罢。结果代理人收下了。

会议于 8 点 13 分召开，9 点 47 分散会。仅仅一个多小时，模范岛所有权已经转手，由亿兆城两位巨富和他们的几个朋友组成的詹姆·托克登与南特·考弗兰联合公司接管了。既然公司破产的消息没有引起机器岛上居民的任何骚动，几家主要显贵收购该岛的消息自然也不会引起任何波动。大家觉得这事非常自然，这笔款子转手间就凑齐了。岛上的一切照旧，原来的规则和习惯不作任何变更，行政管理机关维持原状，公务人员和职工依然担任原来的职务。模范岛就这样宁静地、没有争执、没有骚动、没有争夺地度过了这项巨大的变革。公司代理人当天就带着几位买主的字据和名人委员会的保证，重新上船回去了。

总之，一切都以大家满意的方式解决了。当然，"四重奏"的合同也没任何变动。他们在航行结束前，还可继续领取合同上规定的丰厚至极的薪金。

华脱和蒂小姐的婚礼，就是要在这样一个新的情况下举行，而他们两家也将要被经济利益结合在一起。无论在美国还是其他地方，这种利益都会形成最牢固的社会关系。

眼下到处是一片喜庆气氛。两位新人再也无法分离。节日的程序已经被仔细地拟订。门波尔张罗着这一切，简直连自己的健康都顾不上了。

2 月 19 日，等待中的"喜船"终于出现在海上。运来的东西在考弗兰公馆大厅里举行了一次展览会，这个展览会取得了空前未有的成功。至于那对年轻的未婚夫妇，他们将爱赐予了对方，除此之外别无他求！他们只盼望着 2 月 27 日早些到来，时刻计算着还有多少天，还有多少小时。

但是家庭、朋友、模范岛的居民，他们都希望这次婚礼办得非同一般。在这期间，盛会的节目单已经被精心制定出来，其中有娱乐、招待会、分别在基督教教堂与天主教教堂举行的仪式、市政大厅的盛大晚宴、公园内的联欢。至于说婚礼大合唱，已经谱写完毕。为此特地组建了一个歌咏社，这首大合唱即将由该社的合唱队员来演唱。夜幕降临，天文台的广场上灯火通明。当歌声在广场上响起来的时候，效果非常好。然后新人们出场，来到市政官员面前。宗教婚礼将在半夜进行，届时的亿兆城将呈现出仙境般的场面。

27 日早上，模范岛看见了新赫布里底群岛的第一座山峰。这正是举行婚礼的日子。天气非常好，凉爽的海风轻轻吹拂。用一句俗话说，真是"天遂人愿"。下午 1 点钟时，模范岛按照萨洛尔船长指点，停在离埃罗芝果岛 1 英里的地方。岛上的每一个人——公务员、职工、海员、士兵都奉令放假，只有海岸警卫例外。

到了下午 3 点钟，城里城外的居民全都涌进了公园。好几个地方举行着露天舞会，文娱宫大厅的舞会最为精彩。年轻的男男女女尽情展示自己的舞姿，都想使自己成为最引人注目的焦点。"四重奏"也不例外，彼此谁也不愿输给谁，争着邀请最漂亮的女财主跳舞。托克登和考弗兰两家也都在大厅里，蒂小姐挽着华脱的胳膊在散步。大家都向这对可爱的年轻人热烈地鼓掌，热情地欢呼，并向他们献花，衷心祝贺他们。他们在接受这一切时，显得既平易近人，又高贵优雅。

　　夜晚来临了。明朗的月亮放射出两束强大的光芒，将公园照得如同白昼一般。太阳知趣地消失在地平线下。虽说这种人造光源能将黑夜照得如同白昼，但是太阳面对它的存在总有耻与为伍之感。

　　11点钟的时候，一长列人朝市政大厦走去，华脱和蒂小姐走在他们的家属当中。全体居民都陪着他们在一号街上行走。

　　岛主席比克斯塔夫在市政大厦的大厅里等待着。这是他上任以来庆贺的最美满的一桩婚事。婚礼就要进行了……

　　忽然间，靠左舷区最尽头处响起一阵喊声，队列走到一半停了下来。紧跟着远远传来几下爆炸声。

　　不一会儿，几个警察——其中有的受了伤——跑到市政大厦的广场上来。众人的焦虑达到了极点。人群感到危险迫在眉睫，现出一种无可言状的恐惧。经过询问，警察回答说，模范岛受到一群新赫布里底人的袭击，人数有三四千，而带领他们的竟是萨洛尔船长。

　　萨洛尔船长精心策划的阴谋就这样实施了！情况极端危急。这些涌到亿兆城的新赫布里底人是任何还击和武力都打不退的。他们由于突然袭击而占了便宜。他们不仅有标枪和毒箭，还有在岛上普遍使用的施尼特尔枪。

　　事情一发生，亿兆城就号召全体士兵、海员、公务员以及一切健壮的男子起来战斗。

　　第一道命令是把亿兆城的城门都关起来。接着把大部分女性和儿童送进市政大厦。这座巨大的市政大厦跟整个岛屿一样，完全隐入一片漆黑之中。发电机已停止运转，机械师们全都投入到了驱赶外敌的行动中。

　　西姆考耶舰长把存在市政大厦里的武器发给了士兵和水手。多亏西姆考耶舰长的谨慎，士兵与水手们不仅领到了这批武器，而且还获得了充足的弹药。华脱安顿好蒂小姐后，就去参加了托克登、考弗兰、门波尔、潘希拉、伊凡尔内、弗拉斯戈莱和邵恩所在的那一支队伍。

两个港口不断传来爆炸声。萨洛尔船长首先破坏了推进机，使它不能运转。这样，模范岛就不能离开他的作战根据地——埃罗芝果岛了。

一个小时以后，攻击者已经到了亿兆城的栅门前。但栅门很牢固，他们试图推倒门，但没能成功。他们又想翻进来，却遭到了枪击。在一片黑暗中突破城防是很困难的。萨洛尔船长只好把土人带到公园和田野去，在那里等候天明。

天刚刚亮，双方的枪声就响了起来。子弹穿过广场的栅门，飞来飞去，双方都有些伤亡。亿兆城这方，詹姆·托克登肩上受了轻伤，但他不肯离开战斗岗位。

时间慢慢过去，土人的进攻更加猖獗了。这时出现了一个有利的情况，模范岛在一股缓缓的海流推送下，朝北部的岛屿漂过去。要是朝外洋漂，那就更好了。

近10点钟时，栅门被攻破，土人呐喊着冲进广场。西姆考耶舰长只好带大家退到市政大厦，把大厦当成一个堡垒，在里边抵抗。

"必须守住这里，"岛主席说，"这是我们最后的一个机会。但愿上帝显圣，拯救我们！"

在一阵比刚才更激烈的射击中，比克斯塔夫当胸中了一枪。人们把他抬到后面的屋子里，一会儿他就吐出了最后一口气。模范岛的岛主席，一位有着正直和伟大胸怀的有才能的行政管理人员，就这样牺牲了。

攻击越来越激烈，达到令人可怕的疯狂。土人的斧头不住地砍，门快要被攻破。就在这千钧一发之际，萨洛尔船长突然被一颗子弹击中，倒下了。这一声幸运的枪声扭转了乾坤。马来人被他的死惊呆了，抬着首领的尸体连忙后撤。土著人也随之朝着广场栅栏门处退去。

差不多在同一时间，一号街的另一头响起了一阵喊声，枪声又剧烈响起。围攻的土人被一种不可名状的恐怖笼罩着，向四面八方逃命。

局面的扭转是如此之快、如此意想不到。那么造成这种突如其来变化的根源是什么呢？

原来从昨天夜里起，模范岛一直漂向散得维齿岛。这个岛是法国殖民地。法国殖民当局一听到萨洛尔船长攻打模范岛的消息，就决定带 1000 名受他们支配的土人前来援助。

现在模范岛已经不再担心什么，它已经逃过了一场浩劫，又获得了安全。当然也付出了惨痛的代价。我们来回顾一下，为了它的安全所付出的代价是——比克斯塔夫牺牲了；还有 60 名士兵和海员中了子弹和毒箭；在勇敢地进行战斗的公务员、职工和商人中，牺牲人数几乎和受伤的人数相等。模范岛将永远记住他们。

第十五章

经历了种种磨难，模范岛也四分五裂，那最终结局究竟是怎么样呢？

在 3月3日离开散得维齿岛后，模范岛损坏的程度并不严重，在西姆考耶舰长的指挥下，马上得以修复一新。相信用不了四个月，模范岛就可以重新回到美国沿海。

由于没有民政长官，华脱和蒂小姐的婚礼不能如期举行。因为比克斯塔夫死后，亿兆城没有了市长。而不仅仅是两位新人，亿兆城所有的显贵乃至全城居民，他们都急着办完这桩婚事。因为这是对未来的最有力的保证。都怪可恶的萨洛尔！所以，眼下的当务之急就是选出一位新的岛主席。

选举活动开始了。名人委员会的30位委员都忙了起来。托克登和考弗兰为了争夺这个职位，一定会发生争执。果然不出所料，在这期间，一会儿考弗兰占了上风，一会儿得势的又是托克登。两个阵营间互相发出难听的责骂、尖刻的嘲讽，两家人的关系又开始冷淡起来。

西姆考耶舰长本想设法使两家和好，但别人劝他说："你还是少管闲事吧！你的任务是驾驶机器，那就去驾驶机器好了。"西姆考耶舰长于是决定放弃去管这件事。

至于报纸，它们当然会积极地关注这件事。《新先驱》为托克登出力，《右舷新闻》则替考弗兰鼓吹。墨水一大瓶一大瓶地被消耗掉，但愿墨水里别掺进了血！

其实，解决这件事的办法也很简单，那就是由两个竞选人轮流担任岛主席，这样就不会再有竞争。但在这个世界上，合乎情理的事却总没有机会被接受。模范岛虽然独立，但人们难以遏制的欲望却跟世界上其他地方的没什么两样！

正式选举的日期定在 3 月 15 日。在选举前的最后几天里，众人的情绪波动得愈加强烈。和睦共处或取得协议是不可能了。托克登和考弗兰双方的拥护者甚至不愿意在路上遇见对方的人。亿兆城现在已俨然形成两个敌对的城市。唯一在两面疲于奔命、说尽好话，但左也碰壁、右也撞墙的人，就是可怜的总长加里斯特斯·门波尔。他常常像一只触了礁的船似的倒在文娱宫的大厅里，"四重奏"则在一旁白费唇舌地安慰他。

另一方面，一件令人不愉快的消息传开了：华脱前一天到考弗兰公馆去，没被接见。他跟他的未婚妻终于被禁止来往了。

最后，终于到了 3 月 15 日。选举将在市政大厦的大厅里举行。模范岛所有的人都出来了，广场上挤满了叫嚣的人群。大家热切地等待着名人委员会的选举结果。1 点 35 分举行第一次投票，候选人得到的选票数目相同。一小时以后，举行第二次投票，结果跟第一次完全一样。3 点 35 分，举行第三次，也是最后一次投票。双方的得票还是谁也没有超过半数。模范岛终于还是完全分裂了。30 位名人由于没法取得协议，决定分区举行选举。托克登被任命为左舷区的主席，考弗兰则被任命为右舷区的主席。双方都各有自己的港口、船只、军官、士兵、公务员、商人，有自己的发电厂、机器、机手和司炉工，两个区都能自给自足。

情况的严重性还不止于此，3月17日，报上公布华脱和蒂小姐的婚约正式宣告解除。尽管他俩祈祷也好，恳求也罢，却毫无办法。事实证明了爱情并不是可以战胜一切的。3月19日上午，西姆考耶舰长接到了两个命令，命令均从市政大厦那里的托克登和考弗兰传来。那里，托克登和考弗兰跟他们的主要拥护者各自占据了大厦的左、右两边。考弗兰命令模范岛继续向东北开，开到告尔贝特群岛；托克登却一心想建立些贸易关系，所以决定向西南开到澳大利亚去。

面对这两个互相矛盾的命令，舰长左右为难，所以干脆把模范岛停了下来。一小时过去了，忽然，模范岛的岛身发生了一种奇怪的动荡。原来，托克登和考弗兰分别给左舷港的机械师华生和右舷港的机械师生华下达命令。一个命令向前开往东北，一个命令向后开往西南，结果模范岛开始在原地打转。西姆考耶舰长想让机手们明白事情的严重性，从而把机器停下来。然而这是不可能的，因为舰长根本就管不了他们。他们跟两个区的居民一样，被同一种激动的情绪支配着。毫无疑问，他们将对抗到底：机器对机器，发电机对发电机……

模范岛以岛中央为轴心，转得越来越快。亿兆城里许多居民，尤其是女人，感到全身有一种说不出的难受。人们在房子里恶心得呕吐起来。在接下来的漫长的一周里，模范岛一刻不停地在旋转着。西姆考耶舰长和斯蒂华脱上校企图给两位当权人调解一番，但是毫无结果，谁也不肯让步。更为糟糕的是，这八天来空中一直布满乌云，连西姆考耶舰长也不知道模范岛现在在什么地方。

由于强大的推进机朝两个相反的方向推动，大家感到整个岛身都在震动，就像发生了地震一样，没有一个人想回屋子里去。公园里人山人海，大家都露宿在外面。尽管如此，无论这伙人还是那伙人，他们都只会高喊"托克登万岁"或"考弗兰万岁"，丝毫看不见那迫在眉睫的危险，只是仇视着对方。

在这场普遍的愤怒中，华脱成为最痛苦的人。他并不是为自己担心，而是担心蒂小姐。八天来，他没法再跟那个即将成为他妻子的人见面。他难过极了，他曾无数次请求他的父母不要不顾人们的痛苦，固执地把机器这么开下去。但托克登听不进去任何的话，包括他儿子在内。

模范岛终于承受不住这高速的运转，在 28 日凌晨，发生了惊天动地的爆炸：左舷区的锅炉由于经不住过分的加热，连机器房一起被炸飞，直冲苍穹。半个模范岛立刻陷入了一片混乱的漆黑之中。

这次事故使局势更加严重。模范岛只剩下右面的推进机，只能在原地打转。即使现在能达成和解的协议，也无法继续航行了。天文观察证明，模范岛在不停地旋转期间，已经从南纬 12 度移到南纬 17 度。现在模范岛就像一个巨大的漂浮物，它被海流支配着，海流向北，它向北；海流向南，它也就只能跟着向南，也许会一直漂到南极……

不一会儿，亿兆城和两个港口的居民都知道了情况。大家清楚地意识到极大的危险就要来临，此时他们才开始安静下来。托克登和考弗兰不再争吵，两位主席亲自提议，并由名人委员会一致通过，把一切权力交给西姆考耶舰长。从现在开始他是模范岛的唯一领袖。

西姆考耶毫不犹豫地接受了这个任务，这可真是临危受命啊。在这个紧急关头，他还是很镇定的。

首先，他查看了左舷港的机器，结论是无法修复。接着就得检查钢箱，工程师们的报告还算使人安心。尽管岛身的钢板有多处裂缝，钢骨折断，有几只钢箱里还灌进了海水，但吃水线没低，可见金属底层的损坏不太严重。剩下的严重问题就是粮食了。岛上储藏的粮食只够维持半个月，因此，舰长决定实行配给制。当天晚上，这条令人感到悲哀的消息便通过电话与传真机传了出去。

亿兆城和两个港口笼罩在一片恐慌的气氛下，人们预感到更严重的灾难将要来临。也许不久就会出现饥荒，因为西姆考耶舰长连一条可以派到大陆去的船都没有。三个星期以前，为了运送比克斯塔夫和其他死难者的尸体，岛上所有的大船都开出去了。那种恐怖而令人揪心的场面会不会再一次出现在这座钢铁铸成的岛上呢？人们连想都不敢想。

然而，这种情况完全应该归咎于富翁们的荒诞争执，归咎于他们那愚蠢的争强好胜，归咎于他们对权力的欲望！既然是他们自己惹出的祸，那么不管怎样的惩罚也应该承担。

3月31日，天晴了。天文台的天文学家们经过两次观测，确认模范岛现在正处于南纬29度17分、东经179度32分。离模范岛最近的岛屿至少在100英里以外，还是个寸草不生的荒岛。再说，也没办法过去。西面距澳大利亚1500英里，往东几千英里是智利，新西兰在南面300英里的地方，过了新西兰就是南极洲荒凉的极地了。

4月4日，海上刮起强劲的东南风，海里掀起了翻腾的巨浪。有些房屋从上到下震动起来，好像发生了地震。非常明显，模范岛的岛基已经损坏。在公园里、在河边，人们到处看到由于地层断裂而突然隆起的现象。好几幢房子开始摇摇欲坠。海水一定从四面八方灌到了地底，因为吃水线在降低。毋庸置疑，模范岛正遭受着灭顶之灾。

暮色降临的时候，又刮起了可怕的大风。钢箱破了，钢骨断了，钢板裂开了，到处可以听得见金属破裂的声音。天黑下来时，人们离开亿兆城到郊外去。那里地面建筑物少，相对来说比较安全些。

近9点钟，模范岛又发生了一次地震。右舷港的发电厂沉到海底，岛上一片漆黑。哪里是天，哪里是海，完全看不清。

不一会儿，又发生了一次地震。顷刻间，房屋开始倒塌。整座岛立即陷入死亡的阴影中。"四重奏"在文娱宫还没倒塌之前，抢出了自己的乐器，然后到公园里寻找避难的地方。那里聚集着两个区的好几千人。华脱趁着一片黑暗，找到蒂小姐，他想从这场灭顶之灾中把她救出去。在这些祸不单行的日子里，他们的爱情是如此顽强地存活着。

午夜时分，旋风更猛烈了。风一股股卷在一起，掀起滔天海浪，冲击着模范岛。岛身已经到处是窟窿，海水从各个角度往模范岛里钻。

半夜3点，公园沿着河床裂开了一道两里长的口子。海水从缺口中大股大股地涌上来，所有的人都四散跑到田野里去了。有的朝港口跑，有的奔到炮台那边，家人失散，骨肉分离。狂怒的浪涛冲上模范岛的岛面，就好像发生了恐怖的海啸。

早上 5 点钟，东面又响起一片金属断裂声，右舷港从模范岛被分离出去了。

天亮的时候，风力开始减弱。这时，从几百尺高的空中鸟瞰，会看到模范岛分成了三块。每一块有两三公顷大小，另外还浮着 12 块稍小一点的，互相间隔着 10 锚链的距离。这就是神秘的模范岛剩下的一切！

这次灾难中遇害的人可能有好几百，这个估计还是准确的。感谢上苍，模范岛没有整个被太平洋吞没！

在这个关键时刻，"四重奏"与他们珍爱的乐器毫发未损。用一句俗话来形容，那就是"死神才能将他们分开"！

在以后的日子里，模范岛的情况已经慢慢有所好转。一切都平静了，吃水线又显著上升，已经没有立刻会沉没的危险。上午 9 点钟，西姆考耶舰长和两个军官乘一只小船，视察了各个岛块。现有的淡水和粮食至多可以供遇险的人维持半个月，因此，最迟必须于两个星期内在太平洋某个地方着陆。同时，西姆考耶舰长得知这可怕的一夜牺牲了好几百人，虽然艺术家和他们的宝贝乐器安然无恙，但华脱先生和蒂小姐却不知下落。

夜是在一片漆黑中过去的。在这片黑暗中，岛块与岛块发生了几次撞击。幸运的是撞得不太猛烈，没有带来严重损坏。

天亮时，岛块已挨得非常近了，它们在这片平静的海上一起漂流。这样，西姆考耶舰长就可以更为方便地为生存的人供给食品，但每个人的配额仅够维持生命。

将近下午两点，一位瞭望员报告东北方有一个黑点在明显地移动，可以肯定有一只船在模范岛旁经过。这个消息引起了一阵不同寻常的骚动。西姆考耶舰长仔细观察后判断说,这一定是被海流冲走的右舷港!

事情正如舰长所判断的。右舷港在分裂出去后,被一股逆流向东北方冲去。天亮后,港口长官生华先生修好了损坏不大的机器,重新朝出事地点开来,还带来几百个没有遇难的人,灾祸发生前逃到那里的华脱和蒂小姐也在上面。

右舷港的到达使大家又隐隐看到了一线生机。他们用粗链子把三块岛连成一串,就像跟在拖轮后面一样,让右舷港拖着在海面慢慢移动。

4 月 10 日上午,右舷港到了新西兰的伊克那马威岛。新西兰人非常热情地接待了遇险的人,忙着供给他们一切需要的东西。

到了伊克那马威的首府奥克兰以后,有情人终成眷属,华脱和蒂小姐终于得以成婚。婚礼场面的豪华,也极尽当时的条件。"四重奏"在婚礼上进行了最后一次演奏。在这以后,托克登和考弗兰两家及其他的名人们都打算回美国。西姆考耶舰长、斯蒂华脱上校和他的军官们,还有总长都做了同样的决定。

那么"四重奏"呢?

刚从模范岛的灾难中逃出来的邵恩、伊凡尔内、弗拉斯戈莱和潘希拉参加完婚礼以后,搭一艘轮船到圣地亚哥去了。在无数热情的听众面前,从模范岛遇险逃出的四位演奏大师,出色地演奏了莫扎特第 9 号作品,F 长调弦乐四重奏。这是他们的艺术生涯中最成功的一次演出。

好了,我的朋友们,模范岛的故事就讲到这里吧!总地来说,这是一个不错的圆满结局。

▌情境赏析▐

在不涉及权力、利益之争的时候，似乎一切都好商量，但一旦涉及，就是"你死我活"了，可见，权力对人的异化是任何社会形态都避免不了的，而也正因此导致了整个社会结构的溃败。而最后的年轻一代的婚礼象征着宽容、和解才会真正赢得未来，"斗斗斗"只会把全社会都斗得分崩离析、道德集体沦丧！

▌名家点评▐

我并不是不知道您的作品的科学价值，但我更珍重的却是它们的纯洁、道德价值和精神力量。

——（意）罗马教皇利奥十三世